文字的博弈

对联

王子安◎主编

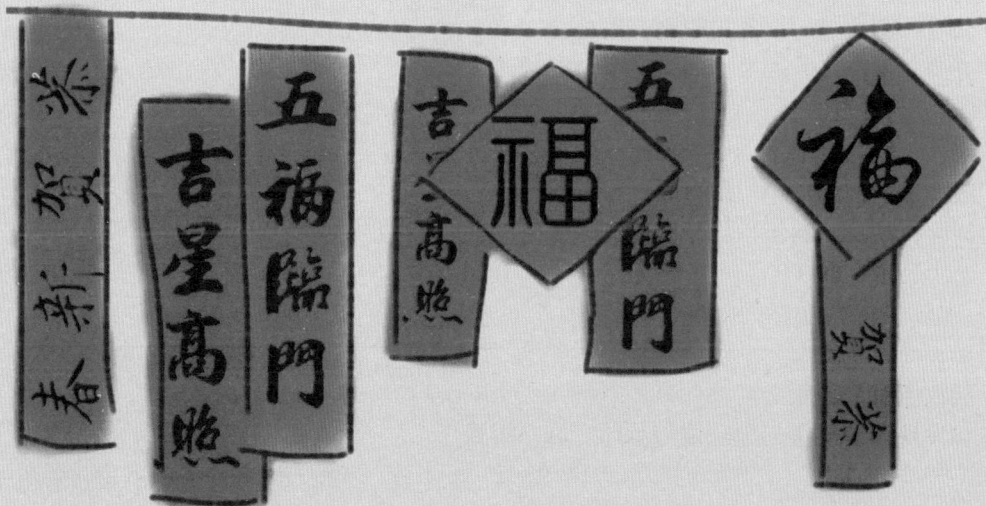

汕頭大學出版社

图书在版编目（ＣＩＰ）数据

　　文字的博弈·对联 / 王子安主编. -- 汕头 ： 汕头
大学出版社，2012.5（2024.1重印）
　　ISBN 978-7-5658-0850-0

　　Ⅰ．①文… Ⅱ．①王… Ⅲ．①对联－介绍－中国
Ⅳ．①I207.6

　　中国版本图书馆CIP数据核字(2012)第098422号

文字的博弈·对联

主　　编：王子安
责任编辑：胡开祥
责任技编：黄东生
封面设计：君阅天下
出版发行：汕头大学出版社
　　　　　广东省汕头市汕头大学内　邮编：515063
电　　话：0754-82904613
印　　刷：三河市嵩川印刷有限公司
开　　本：710 mm×1000 mm　1/16
印　　张：16
字　　数：91千字
版　　次：2012年5月第1版
印　　次：2024年1月第2次印刷
定　　价：69.00元
ISBN 978-7-5658-0850-0

目 录

第四章　中国对联的创作技巧

第五章　中国经典对联的鉴赏

第一章

中国对联的简要概述

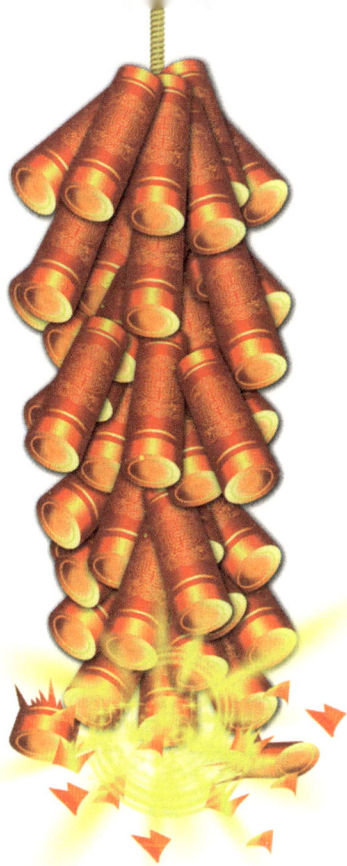

对联，亦称"楹帖""对子""楹联"，是中国书法艺术的一种幅式。中国对联由上、下联组合而成，是悬挂或粘贴在壁上、柱上的联语。如新春时张贴于门上的春联。中国对联的字数多寡无定规，一般要求对偶工整，平仄协调。字数特多的长联，叫"龙门对"。中国民俗界认为，中国对联相传由五代后蜀少主孟昶在寝门桃符板上的题词："新年纳余庆，佳节号长春"演化而来。一般认为对联发生于明末，盛行于清代，是中国一种十分普遍的文学和书法相融合的艺术形式，论述对联的专著有清代梁章钜的《对联丛话》。

　　总之，对联艺术是我国特有的文学形式，它与书法的美妙结合，构成了中华民族绚烂多彩的艺术独创。2006年5月20日，中国对联列入第一批国家级非物质文化遗产名录。本章我们将为大家简要介绍关于对联的定义、发展、特点的相关知识。

中国对联的定义

所谓"对联"，就是贴在楹柱上的联句，也叫"楹联"。楹联是对联的雅称，用以强调其文学性质。对联的上句和下句相对，比如上句是"风吹天边月"，下句就为"雨洗山上松"。中国人过春节时喜欢把它贴在门的两边，渲染喜庆气氛，如左边贴"一元复始迎佳节"，右边可贴"万象更新望神州"，因此在春节这种特定的气氛中又称为"春联"。

一般来说，对联是由两个工整的对偶语句构成的独立篇章。其基本特征是字数相等，字调相对；词性相近，句法相似；语义相关，语势相当。对联作为一种雅俗共赏的文学体裁和文化现象，孕育在"骈语"和"律句"之中，形成在"骈文"和"律诗"之后，又独立在"骈文"和"律诗"之外。另一方面，又与书法艺术相融合。对联是一种文学形式，也是一种中国特有的文化现象，具有中国特色。

何为对联，下面我们来举例说明，比如：万里长

4

雨
洗
山
上
松

征，犹忆泸关险；三军远戍，严防帝国侵。这副对联，从内容到形式都很好，是典型的优秀对联。由此例可以看出对联是由两串等长、成文和互相对仗的汉字序列组成的独立文体。也就是说，上下联字数不限，但必须相等；联文是有意义的，或可以理解的；平仄要合律，对仗要工整；对联是独立存在的文本，不是其他文本的一部分。凡符合这些条件的就是对联，否则就不是对联。

与诗、词、曲、赋、骈文一样，对联也属于古典文学范畴。对联的基本句式来自骈文和律诗。用现代语法来分析对联结构，是当前对联教学的一大误区。因为对联结构是声律结构，不是语法结构。

值得注意的是，律诗或骈文中的对仗句，只有在脱离律诗或骈文而独立存在时，才能称为对联。另外这里没有把现代句法概念写入定义，因为在中国古典文学中"句"的概念，与白话文或英语中"句子"的概念不同。有些对联很难说是意义完整的句子。例如：一二三四五六七，孝悌忠信礼义廉。这副隐字讽刺谜联，上联不成句子，下联不成句子，合起来也不成句子，但是上联有含义，下联也有含义，合起来意义更明显，即"忘八"（谐音王八）、"缺耻"（意指无耻）。因此，我们只需要知道这副对联是七言句式，能

理解字面和隐藏的含义就行，没有必要进行深入的语法分析。

对联因古时多悬挂于楼堂宅殿的楹柱而得名对联。据《宋史·蜀世家》记载，五代后蜀主孟昶曾在岁除之日写了"新年纳余庆，佳节号长春"的桃符联语，挂在宫中迎春祈福，后人就将此引为对联的初例。因而从这时算起，中国对联艺术距今已逾千年历史。自明代起，使用对联的风习渐盛，与新年节序有着渊源关系的春联也因此取得了巨大发展。此时的中国对联从内容上来看，或题泳山川名胜，或歌颂风物岁时，或抒发情怀心意，成为广泛应用的文体表现形式。

中国书法博大精深，韵味无穷，篆、隶、楷、草、行诸体，或以雄沉劲健、雍容端朴见长，或以俊秀潇洒、温婉流丽为胜，皆给人陶然兴会的雅逸美感。对联则字句凝练，整齐精严，联语字数不一，以五、七言律诗及八言文句体为常见，内容涵盖丰富，融合诗词、格言、警句、谚语、白话文于一体，典丽琳琅，文采映耀。因此，将书法与对联融为一体，翰墨之中品味美文的诗情哲理，词句之间赏观佳书的风神韵致，诚然是人文艺术的完美体现。古往今来，书家乐以此酬应赠答，文人好将此雅悬斋壁，当是其书文双美、艺趣相生的魅

风吹天边月

6

万象更新望神州

力，令人为之钟情而历久不衰。

　　根据修辞手法，对联可划分为多重数字联、颜色方位联、多重谐音联、多重双关联、同偏旁联、多重拆合字联、拈连联（即移接联）、回文联、字面矛盾联及转品联等，这些对联在运用时巧妙新奇，堪称巧联妙对。要是巧妙到无人对得出下联或上联，古人就将这种难以成双的对联称为"绝对"或"悬联"。相传，北宋大诗人、书法家黄庭坚年少时乘船离开江州（今九江市）去苏杭游玩，船家素闻其乃当地才子，便吟一上联试其才气："驾一叶扁舟，荡两支桨，支三四片篷，坐五六位客，过七里滩，到八里湖，离开九江已有十里"。此联有一到十数字，还有地名，使黄庭坚不仅当时没对出，成名多年后依然是百思不得其解，而且至今也无人能续。在实际运用中，中国对联是不加标点的，因而断句不同，意思也不同，甚至相反。总之，对联是咱们老祖宗传下来的一种独特的艺术形式，文化内涵与才思才情皆堪称博大精深。

中国对联的发展

7

一元复始迎佳节

　　对联是我国一种独特的文学艺术形式。它始于五代，盛于明清，迄今已有一千多年的历史。早在秦汉以前，我国民间过年就有悬挂桃符的习俗。桃符的称谓依据《淮南子》中所说，这种"桃符"是用一寸宽、七八寸长的桃木做的。在桃木板上写上神荼、郁垒二神的名字，悬挂在门两旁。或者还画上这两个神像——左神荼、右郁垒。古人是以桃符上书画此二神来避邪的。这就是民间俗称的最早"门神"，也是中国对联艺术的最早的雏形。

　　这种在桃木板上写上神荼、郁垒二神的名字，悬挂在门两旁的习俗持续了一千多年，到了五代，人们才开始把联语题十桃木板上。据《宋史·蜀世家》记载，五代后蜀主孟昶每岁除，命学士为词，题桃符，置寝门左右。公元964年，学士幸寅逊撰词，昶以其非工，自命笔题云："新年纳余庆，佳节号长春。"这是我国最早出现的一副春联。

文字的博弈

对联

8

佳节号长春

到了宋代，"春联"还是称为"桃符"的。而且此时的联语不限于题写在桃符上，开始逐渐写在楹柱上，因而此时开始有人称之为"对联"。宋代以后，春节时的春帖多用联语，而且开始用粉红笺纸写出。这些对联有的出于诗经古语，有的出于唐宋诗句。宋元时期有名的春节对联有"北陆凝阴尽，千门淑气新。"之句。

春节，是我国最重要的传统节日。春节来临，千家万户写春联、贴春联，是上千年来流传下来的象征吉祥、表达人们向往美好生活的民族风俗。这在世界上是绝无仅有的。实际上，春联最早自明太祖朱元璋开始出现。梁章钜在《对联丛话》中引用《簪云楼杂说》的资料说："春联之设，自明孝陵昉也。时太祖都金陵，于除夕忽传旨：公卿士庶家门上须加春联一副。太祖亲微行出观，以为笑乐。偶见一家独无之，询知为醃豕苗者，尚未倩耳。太祖为大书曰：'双手劈开生死路，一刀割断是非根'，投笔径去。嗣太祖复出，不见悬挂，因问故。答云：知是御书，高悬中堂，燃香祝圣，为献岁之瑞。太祖大喜，赉银三十两，俾迁业焉。"由此可见，朱元璋采取行政命令，要求家家户户贴春联，对形成春节贴春联的风俗起到了极大的推动作用。

清康熙六十寿辰（1713年）和乾隆八十寿辰

（1790年）两次重大庆祝活动是宫廷对联创作的高潮。虽然多数是"润色洪业，鼓吹承平"之作，由于"皆出当时名公硕彦之手"，且大量制作，要求严格，因此这种附和之作也有利于中国对联结构的规范化。清代是对联文学的全盛时期。南怀瑾先生将"清对联"与唐诗宋词元曲相提并论，作为中国古代文学史的经典坐标。清代文学史学家赵雨先生也认为："清代的主流文体是对联"。

从中国对联艺术的发展历史角度而言，孙髯的昆明大观楼长联和梁章钜的《对联丛话》是清代对联发展的重要里程碑，标志着对联已经成为可以与诗词、曲赋、骈文分庭抗礼、媲美争妍的独立文体。从此，文人学士以对联赠答，用对联作文字游戏，成为一时风尚。在当时的时代及后来的民国时期，以春联、寿联、挽联、门联、厅联、庙联、名胜联、商业联、游戏联等为形式的对联文化，已成为社会生活的文化方式。甚至于在民国的高等院校招生考试中，也有将对联作为考试内容的。比如，1932竹清华大学入学考试时，陈寅恪出题"孙行者"求对，应试考生周祖谟对以"胡适之"，至今传为美谈。

从对联的语言文字角度，以及它与诗词文学间的关系而言，对联是由律诗的对偶句发展而来的，它保留着

文字的博弈

对联

10

世上已千年

律诗的某些特点。古人把吟诗作对相提并论，在一定程度上反映了两者之间的关系。对联要求对仗工整，平仄协调，上联尾字仄声，下联尾字平声。这些特点，都和律诗有某些相似之处，所以有人把对联称为张贴的诗。但对联又不同于诗，它只有上联和下联，一般说来较诗更为精炼，句式也较灵活，可长可短，伸缩自如。对联可以是四言、五言、六言、七言、八言、九言，也可以是十言、几十言。在我国古建筑中，甚至还有多达数百字的长联。

总之，作为一种语言文字高度简洁、凝重的文学形式，对联无论是咏物言志，还是写景抒情，都要求作者有较高的概括力与驾御文字的本领，以寥寥数语，做到文情并茂，神形兼备，如此才能给人以思想和艺术美的感受。当前，随着各国文化交流的发展，对联还传入越南、朝鲜、日本、新加坡等国。这些国家至今还保留着贴对联的风俗。20世纪80年代以来，对联以新的面貌开始复兴。1984年，中国对联学会成立；1985年创办《对联·民间对联故事》，1987年创办《中国对联报》，地方对联组织的发展也如雨后春笋。等等这些，形成了群众性的对联创作和理论研究新风尚，中国对联文化进入新的发展时期。

中国对联的特点

11

洞中才数月

对联文字长短不一，短的仅一二个字；长的可达千余字。对联形式多样，有正对、反对、流水对、联球对、集句对等。但不管何类对联，使用何种形式，都必须具备以下特点：

一要字数相等，断句一致。除有意空出某字的位置以达到某种效果外，上下联字数必须相同，不多不少。

二要平仄相合，音调和谐。传统习惯是"仄起平落"，即上联末句尾字用仄声，下联末句尾字用平声。

三要词性相对，位置相同。一般称为"虚对虚，实对实"，就是名词对名词，动词对动词，形容词对形容词，数量词对数量词，副词对副词，而且相对的词必须在相同的位置上。

四要内容相关，上下衔接。上下联的含义必须相互衔接，但又不能重覆。

此外，张挂的对联，传统作法还必须直写竖贴，自右而左，由上而下，不能颠倒。与对联紧密相关的横

12

望窗外已是新春

批，可以说是对联的题目，也是对联的中心。好的横批在对联中可以起到画龙点睛、相互补充的作用。对联张挂的形式是固定的，即上联在左，下联在右。人们从对面看，则上联在右首，下联在左首。它们必须成对称形式，悬挂在相对的位置上。

另外对联的载体形式也是固定的，即必须是两个完全相等的长条形字幅状。一般来说，别的形状如某种"蕉叶形对"，极为少见。特别是横幅不行。如我们有时见到的四合院中左右穿廊游廊之上，常嵌有相对的"东壁图书""西园翰墨"横幅，虽为工对，却只可算是两廊的横幅罢了。总之，对对子，作为古代学习作文的一种基本功，是为作诗特别是近体诗中的律诗及由之演化出的试帖诗以及写作骈文等打基础的一种文学创作活动。下面我们来说一说中国对联艺术的一些特点。对联的特点，大致有以下几点：

（1）上下长幅，字数相等。即上联、下联合成一副联。至于各联本身的字数则没有一定之规，从一个汉字到几百个汉字都可以。这就是说，上下联至少得各有一个汉字，多少并无限制。当然，常用的对联，上下联一般各在四个汉字到二十几个汉字左右。这是因为上下联字数太少，就很不容易表达出完整的意思来。从上下

两联对文字相等和对仗等要求来看，一般而言，对联的字数是不宜太多的。

（2）承上而言。承上而言是指在上下联中要把一个完整的意思表达出来。能做到这一点，字数多少可以不拘。拿中国汉民族文化创造的若干诗歌体裁，如律诗、绝句来和对联对比，这一点就会很明显地表露出来。比如，律诗和绝句，各用八句或四句表达一个完整的意思；若是把它们中对仗的两句，特别是律诗中的额联和颈联抽出来，把它们写成对联，有时候还可勉强成联，有时候则不可。因为它们不是为作对联准备的，不见得能表现出作者希望表现的一种完整的意境，其原来的完整的意境是要靠整首诗来整体表现的。也就是说，作为对联上下联要共同表达出一个完整的意思，因而，从句式结构看，一般来说，上下联至少各有一个分句或词组，多少则不限。当然，从句型结构方面看，上下联应该是对应的。

（3）修辞用对偶辞格。对偶辞格是汉语和汉字特有的一种辞格，它是把通常为两个字数相等、结构相同或基本相似的字、词、词组、句子并列，用来表现相关的意思的一种辞格。从内涵上说，它要求意义上的关联，也就是不能各说各的；从形式上说，它的基本要求

看洞中依然旧景

对　联

14

是要对称；此外，它还要求音节上的和谐相对。对联，可以说是汉语修辞学对偶辞格发展到高峰的产物。这就是说，一般来说，如果上下联不能构成上述诸如"内涵、形式、音节"三方面的比较严格的对偶的，就不能算是对联。

（4）实用性强。从某个角度看，对联的普及和古代私塾流行教学童"对对子"的风气有很大的关联。创作对联的基本功，还得从对对子练习起。可是，口头甚至书面练习对对子还不是对联。诸如《分类字锦》《巧对录》等类书与联话书籍所记录的，大都是对子而非严格意义的对联。因为对联是一项综合性质的成品，一副对联得为一个主题而创作出来，最好能书写下来，是作为张挂之用的。也就是说，只有为某种实用目的而创作的对子才是对联。

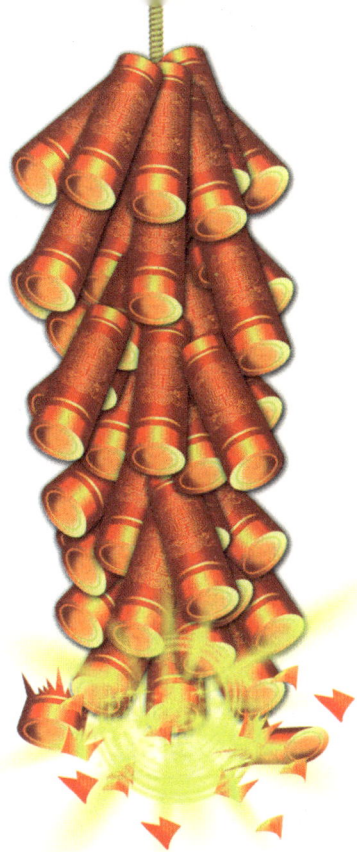

第二章

中国对联的艺术特点

中国对联是汉民族文化的独特产物，是汉民族的代表，其中蕴含了很多汉民族文化的内涵，也拥有很多独特的艺术功能。中国对联在古代的文学创作中占有很重要的地位，至今仍有数不清的对联作品在各地广为流传。在中国很多文学作品中，我们都可以看到对联的身影，它在浩瀚的中国文学海洋中散发着独特的艺术魅力。然而，虽然现在我们还是可以看到很多对联，过年的时候家家也还会贴春联，但是对于现代人来讲，对对联的了解已经越来越少，大部分是处于一知半解的状态。而且现在学校的教育课程中也对对联介绍的比较少，导致现在很多人只是知道对联这样事物，但是对它的特点、风格、功用等还是没什么了解。本章我们就来为大家详细介绍一下关于中国对联的文化内涵、艺术风格，以及艺术功能的知识，为大家了解这项历史悠久的中华文明提供参考。

中国对联的文化内涵

17

对联与汉民族文化

在我国的敦煌遗书中曾记载有诸如："四序初开，福庆初新，寿禄延长"；"四序来祥，福延新日，庆寿无疆"；"铜浑初庆垫，玉律始调阳"；"年年多庆，月月无灾"；"门神护卫，厉鬼藏埋"等文字，据此我们可以看出中国的对联在晚唐以前即已产生，这些记载于敦煌古卷中的语句已经明显具有对联的文句特征。从文化角度来说，对联可以说是从汉族的民族传统文化派生出来的独特产物。只有中国的汉族文化才产生出完美的对联产品。

（1）对联里的汉民族文化传统。观察自然与社会，可以看到，对偶是一种普遍存在的事物现象。再观察汉族的民族性及其深厚文化积淀与传统，更可以看到，汉族是非常喜爱对偶的。汉族人认为，除了领导者是高高在上独立自主统率一切以外，其他都是以形成对立面即对偶形式为宜的。汉族古老的易经哲学思想是无

文字的博弈

对 联

18

家藏万卷书

极生太极，太极生两仪，两仪生四象，四象生八卦，八卦推演到六十四卦。但是，汉族的民族心理中，又并不认为这个推演出来的模式是完美的。

在这个推演出的模式之中，我们能看出是以对应形式为主的，这说明汉族是看重和喜爱偶数的。同时，汉族更认为奇数是不吉利的。就连孤单在上的统治者也很危险，有成为"独夫"的可能。汉族传统的建筑结构是四合院。各种大门，如殿门、辕门、院门等，全是两扇。陪衬正房的是东西厢房和两耳房。室内家具，也是一张桌子配两把太师椅。朝臣上朝，衙役站班，都分成两厢。这些都是民族心理在现实各方面的反映。可以说，汉族对对偶的喜爱，融汇于本民族的文化传统之中，无处不在。

（2）对联里的汉语与汉字文化。汉语与汉字从一开始就为对偶准备了最好的独一无二的载体条件。汉语由单音节语素组成。由这样的语言载体构成的词汇，其中配合成对偶的能力是无限的。世界上诸多广泛使用的语言中，只有汉语具有这种天生的属对能力。绝妙处还在于，为了适用于记录汉语，汉字从其创制之始，就成为一种兼表形、音、义的单音节方块型文字：一个字代表语言里的一个音节，一般每个字又都有属于自己的一

定的意义，由一定的笔画构成方块字形。这就像同类形状的积木或方砖，能搭成一堵堵整齐划一的墙那样，为它们两两相对搭配造成了基本条件。

再看汉语的词、词组、句子的结构，也是相当整齐划一的。汉语词汇中的词，大部分是单音词和双音词，就是多音词，也是由一个个单音节构成的，同样很便于两两搭配。因其有上述的单音节方块字为组成基础，所以同结构形式的两两搭配也很容易。总的来说，汉语和汉字，从它的产生开始，就自然而然地给对偶创造了条件。在世界诸多语言文字中，汉语言这种特殊性质是其他语言文字所不具备的。

日本从古代到近代，一直在大力推行汉文化，他们的优秀汉学家甚至具备了写律诗和骈体文的能力，可是中国明代以后在社会上广泛流行的对联，在他们那里没有流行起来。这是因为对联是汉语对偶修辞格发展到极端的产物，非汉语系统的人学习起来究竟太吃力了，且不容易被普遍接受。而对联是一种社会性实用性极强的文体，需要得到社会上公众的认可与爱好。要想让日本人像中国人那样把对联当成一种人际关系交际工具，对于他们来说，恐怕是太吃力了。相对来说，那时的朝鲜半岛地区西方文化尚未传入，仍然一心一意地面向中

19

门对千竿竹

中国对联的艺术特点　第二章

文字的博弈

对联

两只彩雀互倚蹲

国，因而他们接受对联这项比较新鲜的人际交往工具，而且使用得相当普遍。

从语言学的角度看，对联是"积极修辞"中"对偶"辞格发展到极端的产物，是汉语特别是汉字独具的表现形式之一种。它是汉语文字学、音韵学、修辞学等语言学科的综合实用性产品。所以，汉语语言学是无法不接纳对联进入自己的学术领域的。从中国文学的角度看，对联可说是它的远祖或近亲，如骈文、近体诗，都是堂而皇之的出入于文学殿堂的。但有相当多的对联作品文学性质不强，因而有很多人把对联汇入"文娱活动"的类型中去，和"诗钟""灯谜"等归入一类。所以，今日我们应该创作出大量的文学性质很强的对联作品来，让对联实至名归于文学之中。

对联与汉文学文章

对联是中国汉族在本民族的历史发展中，由自发到自觉地，根据汉语汉字的特点，采用了民族精神和物质文化的多种成果，创造出来的一种独特的文字体裁。对联的内容人际关系性质极强，绝大部分对联是在公开的交际场合使用的。如，喜联、贺联、寿联，都具有特定的突出的交际和人际关系性质。就是机关行业联、名胜

古迹联，甚至书房厅堂联等，也具有广泛的人际交流性质。

另外，对联还是一种综合性艺术品。它集汉民族创造的书法、装裱（包括制纸、绢等）或小木作等多种工艺（如漆工、金属工艺等）于一身，最后悬挂出来的成品又成为室内外装饰艺术中的一种有机组成部分。因而具有着很强的民族工艺美术的特点。作为一种从语言文字角度十分注重对偶的文字艺术，对联与与汉文学文章的关系十分密切。下面我们就从中国汉族汉字文化的文学和文章体裁与作法等方面来探讨一下对联的文化内涵。

从古代留下的文学作品看，语言文字中的对偶现象早就自发地在使用了。例如在中国古代的典籍《诗经》《楚辞》中即显露出端倪。诸如："诲尔谆谆，听我藐藐。"（《诗经·大雅·抑》）"昔我往矣，杨柳依依；今我来思，雨雪霏霏。"（《诗经·小雅·采薇》）"惟草木之零落兮，恐美人之迟暮。"（《楚辞·离骚》）等等。不仅在韵文中如此，就是在先秦的散文中也有大量的对偶句，如："满招损，谦受益"。（《尚书·大禹谟》）

可以看出，除了若干虚字的重复以外，古代文人似

一簇丽花交辉立

22

阶前芝草早能香

乎都在有意识地应用某些对偶形式，追求对比或排比效果。不过，这种方法只是在文章或谈话里隔三岔五参差错落地使用罢了。先秦诗文中，对偶辞格的句子和词组出现得还比较少，而且似乎带有自发的倾向；那么，发展到汉赋，使用对偶便是大量而自觉的了。例如司马相如的《美人赋》："臣之东邻，有一女子。云发风艳，蛾眉皓齿。颜盛色茂，景曙光起。……途出郑卫，道由桑中。朝发溱洧，暮宿上宫。……"又如班固《东都赋》："于是发鲸鱼，铿华钟。登玉辂，乘时龙。凤盖飒洒，和鸾玲珑。……千乘雷起，万骑纷纭。……抗五声，极六律，歌九功，舞八佾。……"

南北朝到隋唐的辞赋，是以对偶为主要词句形式的骈四俪六的文体。可以说，这样的辞赋是直接继承汉赋，并使之在对偶方面进一步精密和熟练。一直到两宋的四六文，都是按照这种方式发展的。骈体文从南北朝直到清代以至民国初年，应用得非常广泛。特别是在政府公文和科举考试中，以对偶为主要文体特点的多种体裁的文章，使用得极为广泛。

骈体文大家族对对联的影响极为巨大。广义地说，可以把对联看成骈体文大家族中的一个远房支属。对联是骈体文领域中在实用范围内的又一次扩展，是一次趋向精练化和精密化的极端的发展。骈体文中，对偶的应用虽然是十分自觉而严格的，十分讲究的，但从汉赋起，也沿袭下来一些习惯性的不成文的格律准则。例如，对虚词，特别是起联系作用的和表达语气的虚词，在对偶方面没有提出很高的要求；对人名相对和地名相对等要求也较低。比如，"潘岳之文采，始述家风；陆机之辞赋，先陈世德。"（庾信《哀江南赋序》）；"望长安于日下，目吴会于云间。……冯唐易老，李广难封。屈贾谊于长沙，非无圣主；窜梁鸿于海曲，岂乏明时。"（王勃《滕王阁序》）。这两种不太讲究的写作方法，也影响了对联。请看下面一副著名的为大肚弥勒佛所作的对联：

大肚能容，容天下难容之事；开口便笑，笑世上可笑之人。两个"之"字不对，可以允许。但是，因为对联是对偶文体中晚出的，越晚出就对对偶格式要求越严格，所以从全篇来说固然大部分是对偶的，但出现两个相同的虚字相对，终究被认为对仗不工。至于人名、地名的问题，一般说来，只要平仄调匀就行了，但是也追求工对，如"东方虬"对"西门豹"还不算太工，因为前两个字都是平声；"柳三变"对"张九成"才属工对。

堂上解花今夏绿

文字的博弈
对 联

总的来说，对联堪称中国文化的一种综合性代表产品。从明清以来直到民国年间，对联在中国各个阶层各个场合都大量使用，盛行不衰。解放后，多种对联如机关行业联、门联、室内装饰联等，随着时移俗易，慢慢地不再时兴。当今社会中，相对于佛寺、道观等宗教建筑和风景名胜内外等特殊地点的一般场合，作为交际、交流等人际关系和年节的点缀，只有春联、寿联、挽联等几种对联的使用频率还比较高。这三种联是最常用的，属于最重要的联种。不过对联所具有的那种对偶的语言文字的魅力以及字里行间所蕴涵的文学诗词的优美意境，使得其在中国民俗文化史上独占一席之地。

24

碧树初鸣出谷莺

中国对联的艺术风格

25

对联形式多样，有正对、反对、流水对、联球对、集句对等。对联字句凝练，整齐精严，联语字数以五、七言律诗及八言文句体为常见，内容涵盖丰富，融合了诗词、格言、警句、谚语等，使得中国对联表现出高超的语言文化水平。另外，中国的对联文化与书法艺术是融为一体的，从而可以于书法中品味对联美文的诗情哲理，又可于词句之间赏观书法的风流笔韵，因而古往今来，书文双美、艺趣相生。如今已成为国家级非物质文化遗产的中国对联，身处新的发展时代，国学复兴的热潮已经带动对联文化的复苏。

构思独特的艺术风格

对联的创作也同创作其他作品一样，除了有一个好的主题和内容之外，还需要进行很艰苦的艺术构思。在繁多的文学形式中，对联在篇幅上比任何体裁都受限制。因此，构思的精巧与否，是一幅对联运用艺术手段

翠梧久待朝阳凤

文字的博弈

对 联

26

四壁清风

的关键。对联构思的手法是很多的，什么样的对联采用什么手法，这要根据对联的内容去选择。从中国对联的艺术创作上来看，构思的方法主要有双关、藏典、比喻、隐喻、急转、藏字、嵌画等。

（1）双关。即利用语言、文字上同音或同义的关系，使一幅对联的上下联，分别具有表里两重意义或关涉两件事的，叫做双关。往往表面的意义是次要的，寓意才是主要的。有时表面的意义是为寓意服务的。许多文人墨客喜欢构想双关对联，因此，历史上流传下来的不少，这里略举几例以供学习、欣赏：

①两舟并行，橹速不如帆快；八音齐奏，笛清难比箫和。这是一幅匠心独具、含蓄且诙谐有趣的双关对联。上联的意思是：两条船并行，一只是靠橹拨水使船前进的，另一只是靠帆借风推动前进的。靠橹使船前进的速度，不如靠帆借风推动前进的速度快。但对联所要表达的实际意思是：鲁肃不如樊哙。"橹速"是"鲁肃"的谐音；"帆快"是"樊哙"的谐音。鲁肃是三国时期吴国孙权的名臣文官。樊哙是汉朝刘邦的大将武官。言下之意是，文不如武。

同样的道理，下联的"八音齐奏，笛清难比箫和"的表面意思是，八种乐器一齐鸣奏，笛子的声音难以赶

上箫的声音，因箫的声音低沉，传的距离比笛子声音远。实际里面所含的意义是狄青难比萧何。"笛清"是"狄青"的谐音；"箫和"是"萧何"的谐音。狄青是北宋名将武官；萧何是汉朝刘邦的名臣文官，言下之意则是武不如文。

②采用双关手法写对联，在国民党统治时期颇多，特别是革命志士在监狱中，常常运用它作为斗争的武器。1949年的新年到了，被国民党监禁在重庆渣滓洞的共产党人和民主人士，经过长时间的绝食斗争，赢得了欢度新年的权利。凌晨，各牢房的难友们高声唱着革命歌曲，互相赠送贺年礼物。这些礼物，虽然不是什么值钱的东西，但是它凝结着战斗的友谊、同志的心血。唱完歌，送完礼，开了牢门贴对联。这些对联，都是用草字一张张拼接而成的。为了避免不必要的牺牲，大多数对联采用了双关语。

女牢门上的一幅是：洞中才数月；世上已千年。它告诉人们：几千年的封建统治正在崩溃，人民当家作主的新时代快要到来了。而楼上一室门上贴出的对联是：歌乐山下悟道；渣滓洞中参禅。同志们一看就清楚：大家身入囹圄，已经深深悟出了要靠武装斗争才能夺取政权的道理。横批"极乐世界"四字，写出了同志们共同

27

一轮明月

28

云水风度

的心愿——决心奔向没有剥削和压迫的共产主义。

楼上二室的对联，同样抒发了革命者的崇高思想，号召大家必须把斗争坚持到底：看洞中依然旧景；望窗外已是新春。横批是"苦尽甜来"。

楼上三室的对联，引用古人的诗句，揭示出人们的乐观和诙谐，告诉大家胜利即将来临：满园春色关不住；一枝红杏出墙来。再用"大地回春"的横批来点题，使人读来很受鼓舞。

而楼上七室的对联，别出心裁，用它来回答反对派对革命者的残酷迫害：两个天窗出气；一扇风门伸头。横批是"乐在其中"。反动派的大小看守和狱卒们，看了这些充满着革命情趣的双关对联后，有的装作看不懂，有的干脆避开。

（2）藏典。藏典是对联的又一种新巧的构思方法。它把历史典故运用到对联中，不但丰富了对联的内容，使人产生了联想，而且以典故对照现实，加深了思想深度，如湖北黄州赤壁有这样一幅对联：铜琶铁板，大江东去；月明星稀，乌鹊南飞。上联出自俞文豹《吹剑录》中的"学士词，须关西大汉，铜琵琶，铁绰板，唱《大江东去》"。下联则是曹操《短歌行》中的诗句。看到这对联，不少游客想起风云变幻的历史往事，游兴顿时增加了许多。

又如岳阳楼上有一联，据说是清朝道光年间，云南罗平人窦兰泉所题，联文是：一楼何奇？杜少陵五言绝唱，范希文两字关情，滕子京百废俱兴，吕纯阳三过必醉，诗耶儒耶吏耶仙耶，前不见古人，使我怅然涕下；诸君试看：洞庭湖南及潇湘，扬子江北通巫峡，巴陵山西来爽气，岳州城东道岩疆，潴者流者峙者镇者，此中有真意，问谁领会得来。这副对联有102个字，不但描写了洞庭湖的山川势态，而且写了岳阳楼的许多有关的传说、逸事，引人遐想。

又传说有一个叫李梦阳的督学，在江西就职时，地方秀才俱捧名帖拜会。李梦阳见其中一个衣衫褴褛、蓬头垢面的秀才，名字竟与自己相同。即当作秀才的面，把这位秀才叫到案前，出一对曰：蔺相如，司马相如，名相如实不相如。众人一听，即哄堂大笑，更有一趋炎附势之辈，趁机恭维督学高才。这位秀才见督学把东周列国时期当过一个小国丞相的蔺相如和西汉的蜀中风流才子司马相如拉在一起，借两个毫不相干的古人，当众侮辱他，心中大怒。但他忍住火气，轻蔑地一笑，大模大样地回到自己的位置上坐下来，略加思索一番，随即对曰：魏无忌，长孙无忌，你无忌我也无忌。大堂上顿

29

松柏气节

30

莫
矜
己
长

时鸦雀无声，有几个正直的秀才，只在心中赞叹，不敢开口。

李梦阳见这个秀才当众顶了他，觉得有失体统，企图寻机责打，加倍侮辱他一番。于是，严厉地对秀才说："我有一联，如在杯茶之内对出则罢，否则当挨戒尺。"那位秀才知道督学意在报复，但他胸有宏才，毫无所惧，答道："听从尊便！"李梦阳捧一杯茶在手，出对曰：杜诗汉名士，非唐朝杜甫之杜诗。说罢，即把茶沾唇，正待要喝，只听那秀才对道：孟子吴淑姬，岂邹国孟轲之孟子。李梦阳见那秀才对答如流，心中不禁暗暗佩服。为了挽回面子，他亲自捧酒相敬，借此下台。

（3）比喻。某些对联的构思采用了比喻的手法，也就是打比方，用某些有类似点的事物，比拟要说的某一事物，以便表达得更生动、更形象，更有意境，使道理说得更鲜明、更深刻。例如：莺迁乔木；燕入高楼。这副对联是描写乔迁新居的。作者不是直接叙述，而是采用比喻的手法，用莺迁入高大的乔木去栖宿，燕飞入高大的楼房去安家，来描绘从旧居迁入新居这一事件。这样就表现得更生动、更形象。再如解放前，进步人士张难先先生，痛恨国民党反对派。有一年春节，在家里

的狗圈和鸡笼边贴了一幅春联：拍马吹牛，是真类狗；攀龙附凤，不如养鸡。横批是"满目禽兽"。这副对联不但比喻得十分贴切，而且讽刺辛辣，骂得痛快。

还有一种隐喻对联，隐喻的意思比较明显，人们不费多大的力气，就能领会，这种对联比较多见。例如，某朝有一个白衣出身的御史，衣锦还乡，县令率秀才、举人前去迎接。有的秀才认为这位御史不是科举出身，便表现出不大尊敬的态度，县令即出一联，讥讽那些秀才、举人：劈破石榴，红门中许多酸子。众秀才听后面面相觑，不解其意，皆不能对。那位白衣御史随口自己对道：咬开银杏，白衣里一个大仁。这副对联上联中，用"酸子"隐喻那些只重科目的"红门（黉门）秀才"，都是些没有学问的"寒酸子"；下联中的"大仁"隐喻这个白衣出身的御史自己，是个不平凡的"大人"物。这副对联不但构思得巧妙多趣，而且十分辛辣。

还有一幅战斗性很强的隐喻对联受人称颂。"五四"运动中，学生包围了曹汝霖的住宅，痛打了张宗祥，吓病了陆宗舆，要求北洋军阀政府对这些国贼进行惩罚，不准中国代表在丧权辱国的巴黎和约上签字。当时北京市各行各业纷纷支持，继学生罢课之后，进行

文字的博弈

对 联

罢市。此时有一家花鸟店，用三种害鸟的鸟名做了一幅非常别致的工艺对联。即：三鸟害人：鸦、鸨、鸨；一群祸国：鹿、獐、蟆。该对联用"鹿""獐""蟆"隐指"陆宗舆""张宗祥""曹汝霖"。后来，北洋军阀政府迫于形势，只好将陆、张、曹免职，拒绝在巴黎和约上签字，"五四"爱国运动取得胜利。

（4）急转。古今许多对联作者喜欢构思急转对联。所谓急转对联，就是一幅对联的上下联写到中途（半截），突然转变，将下半截要接上去的文字，改变了上半截的原意，成了另外一个意思。例如，我国历史上的书法家王羲之就写过一幅急转对联。有一年春节前夕，王羲之先后写了几幅对联贴在门上，都因他的字写得好，联意又新颖，被人悄悄地揭走了。临至除夕，门上仍空空无字。最后，他精巧地构思了一幅对联，叫儿子将对联拦腰剪断，先分别贴了上半截：福无双至；祸不单行。

这是一幅在别人看来很不吉利的对联，当然没有人去揭了。大年初一的黎明，他叫儿子把上下联的后半截接上去，就成了这样一幅对联：福无双至今朝至；祸不单行昨夜行。由此，一幅很不吉利的对联，变成了十分吉利的对联，以至引起乡邻们拊掌称妙，流传千古。

　　另外还有一幅：门对千竿竹短无；家藏万卷书长有。这不但是一幅急转对联，而且其中还蕴含了一个动人的故事：明代谢缙，小时候父母靠磨豆腐卖钱供他读书。由于他学习勤奋，聪敏过人，从小就出口成章。有一年除夕，他的父亲要他作一幅对联贴于门上。他家对面有一片竹林。谢缙一面磨墨，一面构思，墨磨好后，对联的句子也想好了，提起笔来一挥而就：门对千竿竹；家藏万卷书。这片竹林是一家官僚地主的。地主得知谢缙以竹喻己，作联言志，心里十分不满，遂令手下的人将竹子全砍了。

　　谢缙发现竹子被砍，知道这是人家想叫他的对联不能成立，有意让他出丑。但他十分安然，裁了两小块红纸，写了"长"、"短"二字，分别贴在原来的对联下面，成了这样一幅：门对千竿竹短；家藏万卷书长。这样一来，把那个官僚地主气得要死。他发疯似地要手下的人，将竹子连根一齐挖掉。谢缙见竹子被挖了又裁了两块红纸，在原对联下再各加一字，使它变成：门对千竿竹短无；家藏万卷书长有。

　　（5）藏字。精巧的构思还有一种手法，这就是藏字。所谓藏字，就是作者把要表达的意思用字藏入对联内，如果读者不过细地思索，所藏的字和意思就很难识

33

一生勤为本

34

银灯万树花

出。藏字对联藏的字，一般有人名、物名、地名等。藏字内容有歌颂、赞扬、嘲弄、讥讽、咒骂等。藏字对联藏的字在对联中的位置，分头、中、尾三处；藏字在联头的叫"藏头对联"，在对联尾的叫"藏尾对联"。

把人的名字藏入对联内比较普遍，下面这副对联，就叫人名藏头对联：泽色绘成新世界；东风吹遍旧山河。这副对联是我国文学家郭沫若创作的，从表面看，它把毛泽东同志的名字巧妙地藏于联头；从内容看，是对毛泽东同志的歌颂，把毛泽东同志改变旧世界、创造新中国的丰功伟绩巧妙地嵌在对联之中。

抗日时期，国民党鄂东挺进军第十七纵队司令程汝怀、副司令王啸峰，专打共产党军队，从不抗击日寇。当地人民对他俩的行为十分愤慨，有一位文人志士构思了一幅嘲讽他们的藏字对联，分别寄给他们两人。这副对联是：王师岂无能，啸聚山林，风（峰）声鹤唳，敌寇未来先丧胆；程度果合格，汝图富贵，淮（怀）安旦夕，人民生死不关心。如果把这副对联中的藏字取出来，组成新联，那就是：王啸峰敌寇未来先丧胆；程汝怀人民生死不关心。

用对联藏字咒骂敌人或坏人的，多在民间的群众中口头流传。如北洋军阀统治时期，曹锟出钱贿选总统

后，章太炎先生题了这样一幅对联：民犹是也，国犹是也，何分南北；总而言之，统而言之，不是东西！这副对联把"民国何分南北，总统不是东西"巧妙地藏于其内。

（6）嵌画。所谓嵌画对联就是"联中藏画""画从联出"。关于嵌画还有个十分有趣的故事：从前，有个秀才，是个近视眼。一日，他正坐在绿纱窗前读书，猛抬头见窗纱上晃动着一束芙蓉、牡丹花，心里甚喜，以为是隔壁的小情妹蹲在窗下举花逗戏。于是秀才蹑步出门，想抓住小情妹。不想竟扑了个空，惊飞了栖息在窗台前的黄莺和蝴蝶。秀才这才想起刚才窗纱上的那幅美丽画面"芙蓉、牡丹花"，却是日照莺蝶投影到窗纱上的影子。因此，他即兴题一联挂在墙壁上：日照窗纱，莺蝶飞来，映出芙蓉牡丹。

但是他一直写不出适当的下联，每日置身书斋，埋头于故纸堆里，寻寻觅觅，不觉一晃过去了八个月。这一天，下雪了。他父母怕他在家闷成书呆子，就请邻居先生，邀他踏雪赏景，他很不情愿地随邻居先生出了门。当他二人走过板桥，秀才看桥面雪上有些印迹，如"梅花""竹叶"图案，即问邻居先生："这是谁画的？"邻居先生答道："你真是书呆子，这哪是人画的

35

一溪流水绿

文字的博弈
对 联

呢?这是狗和鸡路过桥面留下的脚印。"秀才乐得拍手大笑,回身就往家里跑,一路嚷道:"我对上了,对上了!"回到家后,秀才立即挥笔写上:雪落板桥,鸡犬行过,踏成竹叶梅花。

这一幅形象逼真、语言生动的对联,如丹青传神,相信是两幅不赖的挂轴。这就是对联构思的另一种手法,称作"嵌画"。我国宋代诗人张舜民在《画幔集》中鲜明地提出:"诗是无形画,画是有形诗。"对联有的像一首短诗,有的像一幅图画,有的则"诗中有画"或"画中有诗"。画家可根据嵌画对联,创作出比较完整的图画来。例如,一簇丽花交辉立;两只彩雀互倚蹲。这副对联就是一幅嵌画对联。

风格各异的艺术风格

对联风格各异的艺术风格主要体现在豪放、婉转、浪漫、朴实、诙谐、趣味等方面。

(1)豪放。这类对联为了突出事物的某些特点,使人们获得鲜明突出的印象,对事物作必要的夸大描写。因此,用词夸张、内容豪放,气魄宏大,无所拘束。如:云飞剑舞雄千里;目电声雷震八方。这是一幅写"虎"的对联。虎乃凶猛动物,素有"谈虎色变"的

天育日方明

成语。对联作者运用夸张的手法，将虎身上的毛写成"云"，尾巴写成"剑"，眼睛写成"闪电"，声音写成"雷"。通过这样一写，一只猛虎跃然纸上，使人读后联想到真虎，竟不寒而栗。

　　五四时期，徐特立在湖南办学。有一次，因有人得罪了湖南辰州的英国传教士，卖国政府竟用大炮轰死了群众数十人，赔偿洋人白银八百万两，还发布了无理的命令：五年内不许辰州人参加科举应试，并为英国传教士立碑。徐老有着强烈的爱国心，耳闻目睹这样的"国耻"，义愤填膺。

　　一天，徐老给修业学校的学生作演讲，讲到帝国主义列强侵略中国，洋教士为非作歹，卖国政府软弱无力，中国人惨遭杀害时，声泪俱下，泣不成声。他号召青年一代要"把救国的担子挑起来"；激励热血儿女，"义之所在，虽赴汤蹈火，亦在所不辞。"说完，他跑进厨房，取了一把菜刀，当场斩断自己左手的一节手指，并用断指血写了一幅对联：驱逐鞑虏；恢复中华。这一幅气概豪迈的血书对联和徐老的爱国壮举，使在场的青年学生热血沸腾，爱国主义的烈火顿时在心头熊熊燃烧。这就是人们广为传诵的"徐特立断指写血联"的故事。

37

人无信不立

38

一张风雪图

　　（2）婉转。婉转对联的文辞委婉，具有不失本意的温和与曲折感。它常用打比方的方法，阐明一种意义，歌颂或者批判一种事物。例如：园丁汗水催绿千株苗；教师心血浇红万朵花。这副对联富有抒情诗意，委婉地歌颂了"园丁"和"教师"。借"汗水"来歌颂"园丁"辛勤培育花卉草木，把"万朵花"比作祖国新一代栋梁。

　　再如：车窗似画屏，绘进满眼诗情画意；公路如玉带，牵来万里秀水青山。这副对联写得比较委婉。首先把"车窗"比作"画屏"，把"公路"比作"玉带"，十分形象；然后借"画屏""绘进"和"玉带""牵来"，形容我国飞速发展的壮丽风貌，十分有趣。

　　（3）浪漫。这种对联富有诗意，充满着幻想，故意"言过其实"，加以渲染，借以说明一件事情，给人们以深刻的印象。例如：遨游宇宙，驾飞船同天地共饮辞岁酒；漫步银河，乘火箭邀日月合唱报春歌。这副对联很有诗意，借"遨游宇宙""漫步银河"的幻想，以歌颂科技的不断发展和提高。

　　再如：瑶池诸神看天堂：不过如此；银河八仙惊人间：争相下凡。"神"和"仙"是宇宙间不曾有的，只是人们想象中的幽灵。这副对联就是通过想象中的神仙厌恶天堂、向往人间的描述，借以歌颂人世间日新月异的变化。

清朝时，有一个开豆腐店人的儿子，参加科举考试，连获乡试第一，京试第一，只剩殿试一关了。当时的皇帝已看过他的文墨试卷，心里十分中意，但不知他家庭出身和口才如何？因此，在殿试时，皇帝对他十分留神，没问他安邦治国之道，也没问他经济农商之策，只是问："爱卿，你祖辈和父母在家做甚？"

这对秀才倒是一道难题。秀才想，照直说吧，祖父是做酒的，祖母是弹棉花的，母亲在家磨豆腐，父亲在外卖豆腐，在注重门第的社会里，被视为出身下贱，不但不能列位朝班，还会招来嗤笑。讲假话吧，一旦被皇上查出，就会犯下欺君之罪，不但功名无望，连脑袋也要搬家。正在这为难之时，心里灵机一闪，当即回答皇帝："启禀皇上，臣祖父和祖母的职业是：玉甑蒸开天地眼；金槌敲动玉帝心。臣父母的职业是：父在外，肩挑日月；母居家，扭转乾坤。"

皇上一听，心中大喜，即御笔亲点他为头名状元。在这两幅对联中，把做酒、弹棉花、卖豆腐、磨豆腐，写成"蒸开天地眼""敲动玉帝心""肩挑日月""扭转乾坤"，真可谓浪漫之极。但它是艺术夸张，不同于

39

三月桃花雨

文字的博弈

对 联

满无边际的胡吹。

（4）朴实。有一些对联用词很平常，不转弯抹角，不故作高深，不卖弄虚玄，直言快语，明白豁达，一看就懂，一听就明，真切、朴实、稳重。它说明的道理很透彻，表示的意义很实在，人们从这些对联中受到一定的教益。这一类的对联通常称作朴实对联。朴实对联适应性广，应用面宽，因而作用也很大。例如：先抓吃穿用；实现农轻重。这两句话是周恩来总理说的。他于1962年3月，参加中央财经小组会议。在陈云同志讲到对重工业、基本建设调整要"伤筋动骨"时，周总理作了上述对联式的插话。

这短短的十个字，没有什么华丽的词藻，言简意明，非常朴实，把党关心人民生活的心愿和恢复国民经济的方针，表现得十分清楚了。再如：尽力开源，资财不竭；厉行节约，周转有余。这副工业系统用联的语言也十分朴实，都是工交系统的日常用语。但是，它讲的道理确很渗透。通过这副对联，人们会加深对"开源"和"节约"的作用的理解。

（5）诙谐。还有一种对联，语言有趣，意味深长，引人发笑，使人们在欢笑中得到教益。这一类对联通常叫做诙谐对联。这种对联多用于戏谑和嘲笑方面。

40

百折不回头

例如：吴下门风，户户尽吹单孔笛；云间胜景，家家皆鼓独弦琴。据传，这副对联的来历是：松江的徐阶和苏州的王鏊交友，一次徐到王家作客，见苏州用火筒吹火，故出上联戏之。后来，王到徐处饮宴，见松江一带人家多弹棉花，于是对出下联。

又如：苏东坡同妹夫秦少游同舟饮酒出对作乐。苏东坡见河岸上一醉汉骑驴，即出一联：醉汉骑驴，颠头簸脑算酒帐。秦少游见河中一梢公摇橹，对曰：梢公摇橹，打拱作揖讨船钱。

民间关于诙谐对联的传说很多，大都各有妙趣。有一则诙谐对联笑话说苏东坡平生喜欢到名山古刹去游览。一天，他到了一座寺庙里。和尚不认识他，又见他衣着简朴，以为是一般的游士，便对他冷冷地说："坐"。于是苏东坡坐到和尚指给的位置上。和尚见他坐下来，就按惯例，向小和尚挥了挥手，说了一字："茶！"

苏东坡接茶在手，开始与和尚谈论这座寺庙的历史，评论寺中保存着的几块牌铭。和尚渐渐觉得这个游士见多识广，来历可能不凡，于是请他进厢房去叙话。进到厢房，和尚对他说："请坐！"并高呼小和尚"敬茶！"接着就打听起他的姓名来。当和尚知道来者是大

三思方举步

文字的博弈

对　联

古人惜寸荫

名鼎鼎的苏东坡时，惊得"啊"一声，赶忙请到客厅里去。

一进客厅，和尚抢上前去用袖子拂了拂太师椅，毕恭毕敬地对他说："请上坐！"接着，直起颈子，叫小和尚："敬香茶！"谈了一阵，苏东坡要告辞了。和尚口称见面难得，恭请他题幅对联，并说还要用木方镌刻，挂在寺门两旁。苏东坡听后微笑着提起笔来，用的全是和尚所说的言语，写了一幅对联：坐，请坐，请上坐；茶，敬茶，敬香茶。和尚看着这副对联，满脸现出羞愧之色，连连向苏东坡道歉，并一直把他送下山才分手。从此，这个和尚与苏东坡结下了深厚的友谊，两人来往十分密切。事隔不久，苏东坡到寺庙里去拜访和尚。进门坐定，一股鱼腥和酒味直冲他的鼻子。他四处观察，没发现什么痕迹；房里除了一只大磬以外，再无可以藏东西的地方了。

和尚见他象猫寻老鼠的神情，明知他在找鱼，就是稳着神，不露声色。苏东坡说："今天请你对一联。""请出上联"和尚说。苏东坡淡淡一笑说：向阳门第春常在。这是一幅地主老财家经常使用的对联，人人皆知，和尚随即对道：积善人家庆有余。"哈哈！磬有鱼，为何不拿出来请我？"苏东坡笑着说。和尚笑着

从罄里端出鱼和酒来，关了山门，与苏东坡举杯同饮。此和尚就是苏学士的好友佛印大师。

（6）趣味。有些对联读起来趣味横生，有些对联看后引人深思。这样的对联，多见于口头对联。例如：天上月圆，人间月半，月月月圆逢月半；今宵年尾，明日年头，年年年尾接年头。据说这副对联的上联，是一年中秋几个好朋友在一起赏月，触景生情凑成的。天上的月亮圆了，人间正是阴历月半；每一个月的天上的月亮圆时，人间就是月半。出了上联以后，下联怎么也对不上，直到岁暮，几个人又凑到一块儿，除夕守岁，才续成下联，即今夕是头一年的年尾，明朝就是第二年的年头，每一年都是年尾接年头。这副对联说明的两个问题，都符合客观规律，很有趣味。

又如：鸡蛋无盐真淡蛋；猪肠未切好长肠。意思是鸡蛋未放盐，真的叫淡蛋，猪肠没有切断，是真正的长肠，这话千真万确。这副对联说明两件事，用语朴实，也极有趣。

再如：苏小妹多才。一天，她正与哥哥苏东坡吟诗作对，不妨和尚佛印进来，小妹急忙躲避藏进帐中。佛印见此情景，即口占一联以戏之。碧纱帐里坐佳人，烟笼芍药。小妹想，这和尚倒是恼人，人家兄妹正谈得起

大夫志四海

劲，被你冲散，害得我闷坐帐中，你还题联戏我。好！待我回一联骂骂你，让你知道我小妹的厉害。于是，即构思一联以对：清水池边洗和尚，水浸葫芦。苏东坡听罢拍手称妙，佛印只得摸着光头，连连苦笑。

因事择宜的艺术风格

▲▲▲▲▲▲▲▲▲

在中国，对联属于中国民俗文化的重要构成部分。由于对联的独特的语言文字风格及严格的文字、字韵要求，以及包涵的独特的文化意境，使得宋元明清时代的文人雅士皆爱这种文学形式。而且涌现了一大批至今也难以对得出的旷世绝对。

据说北宋神宗时，宰相王安石曾三难苏东坡，其一便是出了三句上联求偶，这三句分别是："一岁二春双八月，人间两度春秋""七里山塘，行到半塘三里半""铁瓮城西，金玉银山三宝地"。那年正逢闰八月，而且正月和腊月两次立春，故有第一句上联；苏州金闾门外到虎丘山下这段长七里的路，当地人称之为"山塘"，中间恰有个地名叫"三里半"，第二联就巧在此；第三联也奇巧，因江苏镇江古名铁瓮城，临长江，有金山、银山（焦山）和玉山（北固山），联中有金、银、玉，就是名副其实的"三宝地"。面对如此绝

44

于书无所不读

对，纵使苏东坡盖世奇才，终不能成对。

又传说清光绪年间，江西南昌知县江某主持正义，却被洋教士所杀，全国为之愤然。京中名流江亢虎于陶然亭（亦名江亭）公园，为江知县举行追悼会，当时曾有人撰一上联求对，即"江氏在江亭追悼江西江县令"，可至今，此对联无人能续。又说在广东郁南县曾有一个叫白花的才女，出一上联"家住长安，出仕东安，貌比潘安，才比谢安，修己以安人，修己以安百姓"求对，前两个"安"乃地名，中间两个"安"却是人名，而后两个"安"则出于《论语》中孔子的名言，贴切至极，可惜至今也是绝对。她还出了一下联"蜂巢枫树结，风吹枫叶掩蜂门"求上联，也是时至今日无人对出。

当然，一些往日的难对也有被真才子给续上的。据说，从前在四川泸州白塔街，有个黄铁匠掌炉的铁匠铺，有人以黄铁匠打铁为题撰一上联"白塔街，黄铁匠，生红炉，烧黑炭，冒青烟，闪蓝光，淬紫铁，坐北朝南打东西"，嵌入七种颜色四个方位，非常绝妙，多少年来一直无人能续下联。如今，有人对出其下联即是"淡水湾，苦农民，戴凉笠，弯酸腰，顶辣日，流咸汗，砍甜蔗，养妻教子育儿孙"，以六种味觉加一个

45

凡物皆有可观

文字的博弈

对联

"凉"字对上联七种颜色,以"妻子儿孙"对"北南东西",虽略显逊色,但对仗工整,意境相似,都表现了最底层劳动人民的艰辛。

说完上面有关中国对联中的绝对、难对之后,下面我们就来说一说中国对联艺术风格中的"因事择宜"。

对联作为一种独特的文学形式,具有言志、抒情、明理的特点。在流传的过程中,被社会各阶层所运用;应用范围也极广,大致政治纷争,评级实事,小至婚丧嫁娶,品题名胜。它被人们因事制用,各择所宜。

旧社会,统治阶级利用对联标榜自己的"万世基业"粉饰太平。如财主家挂的中堂:百忍堂中,乾坤定矣;积善门前,钟鼓乐之。劳动人民则把对联当着反对压迫和剥削的斗争工具。如旧社会曾有这样一幅激愤贫富不均得对联:穷的富的,贵的贱的,睁睁眼看他怎的;歌斯舞斯,哭斯笑斯,点点头原来如斯。1945年,某聋哑学校对国民党官僚大发劫难财,极为不满,曾写过这样一幅对联:熟视无睹,诸君尽管贪污作弊;有口难诉,我辈何须民主自由。

解放后,各行各业的劳动者,生活一天比一天好,总喜欢感物抒怀,歌唱自己劳动的意愿。比如丰收年成的农民写道:一畦春韭绿;十里稻花香。又如充满豪迈

静修可得永年

46

气息的铁匠写道：三间火烤烟熏房；一个千锤百炼人。富于哲理的木匠写道：曲尺能成方圆器；直线调就栋梁材。诙谐幽默的理发师写道：不叫白发催人老；更喜春风满面生。而表达宽广胸怀的画家写道：片纸能寓天下意；一笔可画古今情。

　　总之，对联千百年来植根于人民之中，有强大的生命力，不断地被人民继承、发展和创新，在人们生活中发挥巨大的积极作用。对联中的春联，在它诞生之前，也就是称作桃符时期，据说是用来驱邪避鬼和用作更新除旧的标记。当它诞生（用墨笔写在红纸上）后，就增加了一个美化环境、渲染气氛的作用。除了春联以外，其他的一些对联，如喜联、堂联、室联、对联等，均饱含着诗情画意，对于美化环境、渲染气氛、表达人们的社会意识与内心世界等方面都有积极作用。如平时的欢度"五一""国庆""元旦"等佳节，以及结婚、迁居、祝寿等喜事，一旦用上巧妙的对联，就显得欢乐、隆重。

47

少言不生闲气

文字的博弈

对 联

48

智乐水仁乐山

刻山志水功能

▲▲▲▲

　　判断一副对联的优劣、好坏，从创作艺术角度讲，它一般应具有精巧的构思，奇妙的修辞，独特的风韵。如不这样，就不能算作优秀对联。也就是说，一幅好对联应是深刻的思想性和精美的艺术性的和谐统一。由此才能发挥其蕴涵的社会与艺术功能。

　　对联作为一种语言艺术、书法艺术相结合，为我国的园林增添了独有的色彩。一幅对联，寥寥数语，往往把当地的景，有关的人，有趣的事，都"点"了出来。读着它，似呷了一口醇酒，像含了一颗橄榄，耐人品味，能极大的提高游览兴趣，并陶冶人的性情。

　　在杭州西湖，历代制作的名联为数极多，可是在十年浩劫中被拆毁不少。一度被人冷落的湖畔小亭，近年修复了"西湖天下景"的匾额和一幅叠字对联：山山水水，处处明明秀秀；晴晴雨雨，时时好好奇奇。杭州西湖诗情画意的对联很多。如净慈寺有幅对联：云间树色千花满；竹里泉声百道飞。这不只是一幅画，那"满"字、那"飞"字，把云树的生态和泉水的声响都画活了。这还是眼前之景。有的对联仿佛使人张开了想象的翅膀，飞越时空的界线，扩大了视野，增加历史知识。如：青山有幸埋忠骨；白铁无辜铸佞臣。这是西湖边上岳飞墓前的一幅对联。这副对联对岳飞和跪在墓前的秦桧夫妇的忠奸是非，都作了概括的评定。

全国各地美化环境的园林联、楼阁联，举不胜举。富有代表性的诸如：

扬州平山堂的对联：含远山，吞长江，其西南诸峰，岭壑尤美；送夕阳，迎素月，当春夏之交，草木际天。这副对联恰似一幅江山夕照图，把当地的景色描绘得十分生动。

再看成都杜甫草堂的两幅对联：诗史数千言，秋天一鹘先生骨；草堂三五里，春水群鸥野老心。又如异代不同时，问如此江山，龙蟠虎卧几诗客；先生亦流寓，有长留天地，月白风清一草堂。

湖北武汉有许多历代园林建筑物，黄鹤楼更是名传中外。拆除前的黄鹤楼上，原来点缀着许多名人妙联，引动过许多游客吟诵赞赏。如：爽气西来，云雾扫开天地憾；大江东去，波涛洗尽古今愁。这是原黄鹤楼对联

公生明偏生暗

49

50

治大国若烹鲜

中的一幅。它气势磅礴，生动形象，描绘了黄鹤楼周围的景物，告诉人们，到黄鹤楼来游览，可以消愁解闷，乐而忘忧。这样一个游览胜地，加上这副对联的点缀，怎能不引起人们的向往！

警世策人功能

诗有警句，联有警联。警联，是中国人素来用的一种修身进德、励志图强的好方法。特别是挂对联于中堂或卧室的墙上，既可美化住房，也可美化人的心灵，锤炼人的意志。它使人朝夕晤对，三省其身，如听良师训导，如闻敬钟长鸣，潜移默化，陶冶情操。

著名民族英雄林则徐，对历史和文学都有很高的修养，还善于写楷书，平生书写的对联很多。他出任江苏廉访使时，曾在大堂上亲自榜书一联：求通民情；愿闻己过。上联号召人民大胆揭发贪官污吏，下联鼓励人民敢于向他提出批评。八个大字，等于是一篇为政的通告。

后来，林则徐升任两广总督，实行禁烟运动。这时，他又亲书堂联一幅，挂在衙内：海纳百川，有容乃大；壁立千仞，无欲则刚。上联告戒自己要广泛听取各种不同意见，下联砥砺自己杜绝私欲，做个刚正不阿的

硬骨头。林则徐用他生平实践了自己所题的联句。

清代著名文人纪晓岚的先师陈自崖曾作中堂对联自勉：事能知足心常泰；人到无求品自高。这里的"知足""无求"，是针对个人欲望而言的。这对今天一心图谋私利的某些人，不无现实意义。正好应了纪晓岚"斯真探本之论，七字可以千古矣"的话。

我国著名历史学家范文澜，当年自作中堂对联，挂于书房：板凳要坐十年冷；文章不写一句空。他以勤学的学风自勉，以朴实的文风自励。这对于只讲空话、不干实事的人，也是有力的针砭。1980年3月的全国文化局长会议上，有人提出一幅对联：狠钻新本领；甘当小学生。会后有些干部把它写出挂于室内，鞭策自己认认真真地从头学起，狠钻自己不很熟悉的科学技术，使自己知识化和专业化，以适应祖国建设的需要等等。这些对联均是鞭策自身的格言、警语。

宣传鼓舞功能

对联的另一个作用，就是宣传鼓动，有如号角，唤起民众，鼓舞民众。同时，有的对联作为武器，又如"匕首和投枪"，揭露敌人，打击敌人。如红军在川陕革命根据地欢庆春节时，曾贴出一幅脍炙人口的春联：

以万物为刍狗

51

文字的博弈

对联

斧头劈开新世界；镰刀割断旧乾坤。这副对联，把工农红军的革命斗争精神和奋斗目标都集中地表现出来了。同时似一声号角，唤起民众，教育民众，团结一心，砸烂旧世界，创造新中国。

再如：向现代化胜利进军，锦绣山河添锦绣；有党中央英明领导，光明中国更光明。这副对联不仅充分肯定了我们祖国在四化进军途中日新月异的变化，同时教育人民树立信心，努力奋斗；坚信我们伟大的祖国，在中国共产党的领导下，一定会不断地繁荣昌盛。

对联是在一定的文学素养和生活基础上产生的。它不仅具有知识性，趣味性，而且还具有斗争性。人们把它作为武器，以揭露、嘲讽和打击敌人。例如：在国民党统治时期，浙江一带就流传着这样一幅讽刺伪公安分局的对联：公安怎样公，猪公、狗公、乌龟公，公心何在？公理何存？每事假公图利禄；分局什么局，酒局、肉局、大烟局，局内者欢，局外者苦，几时结局得安宁。联内嵌入"公安分局"。通过对联这个武器，对伪公安分局的本质进行了无情的揭露，给了它狠狠的一击。

再如：20世纪30年代初期，红军撤离根据地。有位革命同志奉命留下坚持斗争，不幸被捕。国民党的

52

在劳力上劳心

伪县长想诱骗该同志判党，对他说："你不是很有文才吗？我出个对联的上联，你若能对出下联，我就放了你。"这个伪县长当众念个上联：四次受剿，四面受剿，面山、面水、面临绝境；该革命同志当即回击到：三民主义，三自主义，自私、自利、自取灭亡。伪县长顿时哑口无言。

赠贺挽吊功能

古往今来，许多同学、同乡、同事之间，婚嫁、寿筵、乔迁、祝节之时，互相以赠送对联祝贺为乐，表达了良好的愿望和友好的感情。这也是对联的一个作用。比如有这样一幅婚嫁赠联：祝君今日结成幸福侣；盼尔明朝共戴英雄花。又如祝寿联：堂上鲜花今更绿；阶前芝草早能香。再如移居赠联：翠梧久待朝阳凤；碧树初鸣出谷莺。

用对联来赠贺挽吊，在中国历史上尤其是宋明清三朝十分流行，也流传下来许多有趣的故事。话说明朝年间，嘉靖皇帝寿筵之期，文武百官纷纷送上寿礼、寿联。嘉靖皇帝对寿礼不屑一顾，惟独对寿轴、寿联，倒审视得十分仔细，心想找出点好对联，赏心悦目。找来找去，可都是些"咸歌不老""共庆长生""恩照日

以教人者教己

文字的博弈

对 联

54

恨不十年读书

月""寿域岗陵"等老掉牙的陈词滥调，竟没有一幅新鲜点的。他十分生气，决定在皇寿筵前，出出那些胸无点墨、只晓得使权弄势的官僚们的洋相。

寿筵开始，文武百官入席，嘉靖皇帝宣布："朕有一联，对的上的，赐御酒三杯，对不上的，点酒不饮。"他的上联是：洛水灵龟献瑞，天数五，地数五，五五还归二十五，数数定元始天尊，一诚有感。对联一出，大庭之上，众官缄默。当时是奸相严嵩当道，网罗社会渣滓，结党联帮，以搞阴谋诡计为能事，忠臣才子，辞职的辞职，罢官的罢官，杀头的杀头。因此，朝廷内外，尽是狐群狗党，全然不懂翰墨文章。此刻，他们一个个不敢抬头，害怕皇上点自己的将。面对着寿筵上的山珍海味，没人敢动一筷子。

嘉靖皇帝的脸色越来越青，眼睛越睁越大，他正待发作，忽见寿筵末席间转出一人来，俯伏金阶，口称"微臣"。此人是进士出身，因他既不卖身投靠严嵩奸党，也不与奸党直接斗争，所以他既没升迁，也没遭贬，当个闲职翰林。只听他启奏道："微臣自不量力，狂妄应对，以博皇上一笑。"他的下联是：丹山彩凤呈祥，雄声六，雌声六，六六总成三十六，声声祝嘉靖皇帝，万寿无疆。皇上大喜，即赐御酒三杯，职位恩加一品。

对联还有一个作用，即对死者寄托哀思，表达生存者的意愿，这就是"挽联"的作用。例如伟大领袖毛泽东主席挽刘胡兰烈士的对联：生的伟大；死的光荣。这副挽联不但高度评价了刘胡兰光辉的一生，表示人民对她的深切怀念和追悼，而且号召人民向刘胡兰学习，树立共产主义人生观，献身于伟大的中国革命。这副挽联，犹如一面旗帜，指引出光辉灿烂的目标，又象咚咚战鼓，激励人民，踏着烈士的血迹前进。

1976年，周恩来总理逝世之后，全国人民怀着万分悲痛的心情，用各种形式寄托哀思。有不少人书写挽联，借以表达对周总理的哀悼。其中有这样一幅：呕心沥血干革命，殊勋盖世间，无法磨灭；鞠躬尽瘁为人民，英名满天下，有口皆碑。以此不仅表达了国人对周总理一生勤政为民为国的高尚风格，也深情地表达了全国各族人民对其丰功伟绩的颂扬。

刘师亮是四川一位著名文人，尤其善于作些诙谐对联，所致联语多有讽刺时政和政要的内容，人称幽默大师。

1908年慈禧太后死去，朝廷规定全国都要停止娱乐，以示"国哀"，否则将治死罪。刘师亮对此非常愤

未能一日寡过

55

文字的博弈

对 联

慨，于是作了一副幽默的挽联进行嘲讽："洒几滴普通泪；死两个特别人。"横批："通统痛同"。这副对联对慈禧、光绪进行了无情的嘲讽，特别是横批四个同音字，声如放铳。看到这副对联的人都忍俊不住，一时之间成为笑谈。有人告发后，官府将刘师亮抓去审问，可刘师亮写的全是实情，官府实在挑不出毛病，只好以"大不敬"罪名罚他银元五块，并令他将此联撕去重写了事。刘师亮回家后，当真重写了对联："拗几个酸字眼；罚五块大洋银。"人们看了他重新贴出的对联之后，更是笑得直不起腰来。

第三章

中国对联的各种类型

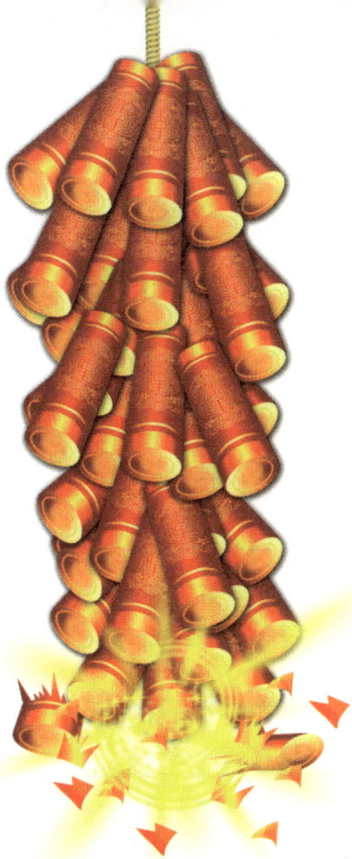

中国对联在结构上注重用字、用词、韵律及修辞方面的精琢细制。历史上流传的一个故事很能说明中国对联的创作特点。话说苏东坡谪贬黄州后。一天傍晚，他偕好友佛印和尚泛舟长江之上，随波逐流，二人开怀痛饮，谈笑风生。时值深秋，金风飒飒，水波粼粼，一江两岸，景色迷人。酒过三巡，佛印向东坡索句。苏东坡用手往左岸一指，笑而不答。佛印循指望去，只见岸上农夫罢耕归去，游人踏月回来，不解东坡何意。正疑惑间，只见河岸上有一条大黄狗正在狼吞虎咽地吃东西，顿有所悟，乃呵呵一笑，随即将自己手中题有苏东坡诗句的大蒲扇抛入江中，此时二人心照不宣，抚掌大笑。原来他们各自的含意却是一幅精巧的哑联。这就是：狗啃河上（和尚）骨（东坡联）；水流东坡诗（尸）（佛印联）。咏过东坡和佛印的哑联，不禁使人想到对联无论是长至一百多字，还是短至两个字，无论是堂堂庄仪的，还是诙谐多趣的，都能为人们所喜闻乐见，其原因在于其有丰富深刻的内容，给人们以启发与教育；具有独特的艺术形式，追求精巧构思。由此而形成对联的独特艺术力量。本章以中国对联艺术的种类为题，进一步向读者展示中国对联艺术的神秘姿容。

谜语联

59

谜语是指暗射文字、事物，让人根据字面说出答案的隐语，也比喻奥秘的事物。汉代时期出现射履活动，就是把东西放在器物下面让人猜。现在有时把猜谜语叫做射履或射，应是源于此。

南朝梁刘勰在《文心雕龙·谐隐》中说道："自魏代以来，颇非俳优，而君子嘲隐，化为谜语。"谜语最初起源于民间口头文学，是我们的祖先在长期生产劳动和生活实践中创造出来的，是劳动人民智慧的表现。后经文人的加工、创新而有了文字谜。一般称民间谜为谜语，文字谜为灯谜，统称为谜语。最早的谜，先由民间集体创作，口传心授，这样就形成了长期流传在劳动人民口头上的民间谜语；而主要是在上层社会和文人中流传的文字谜，由书面传播。用谜语的方式创作出的对联叫做谜语联。举例如下：

上联：新月一钩云脚下，

下联：残花两瓣马蹄前。

文字的博弈

对 联

谜底："熊"。

上联：鲁肃遣子问路，
下联：阳明笑启东窗。
上联谜底：敬请指导。
下联谜底：欢迎光临。

上联：口中含玉确如玉，
下联：台下有心实无心。
上联谜底：国。
下联谜底：怠。

上联：黑不是，白不是，红黄更不是，和狐狸猫狗仿佛，既非家畜，又非野兽；
下联：诗也有，词也有，论语上也有，对东西南北模糊，虽是短品，却是妙文。
上联谜底：猜。
下联谜底：谜。

上联：日落香残，免去凡心一点；
下联：火尽炉熄，系住骏马一匹。

60

台下有心实无心

上联谜底：秃。

下联谜底：驴。

上联：吴下门风，户户尽吹单孔箫；

下联：云间胜景，家家皆鼓独弦琴。

上联谜底：吹火筒。

下联谜底：弹棉花。

上联：白蛇过江，头顶一轮红日；

下联：青龙挂壁，身披万点金星。

上联谜底：油灯。

下联谜底：秤。

口中含玉确如玉

62

歇后联

歇后语是熟语的一种，多用群众熟悉，诙谐而形象的语句。运用时可隐去后文，以前文示义，也可以前后文并列，采用这种手法制作的联语就是"歇后联"。举例如下：

上联：未必逢凶化——吉；
下联：何曾起死回——生。

上联：稻草扎秧——父抱子；
下联：竹篮提笋——母怀儿。

上联：马过木桥——蹄打鼓；
下联：鸡啄铜盆——嘴敲锣。

上联：开花芝麻——步步高；
下联：出土甘蔗——节节甜。

棍戳黑狗牙

上联：君子之交淡如——水；

下联：醉翁之意不在——酒。

上联：廪生抹围裙，斯文扫地；

下联：屠户戴顶子，杀气冲天。

上联：强盗画喜容，贼形难看；

下联：阎王出告示，鬼话连篇。

上联：老寿星吃砒霜，活厌了；

下联：阎罗王开饭店，鬼不来。

上联：鸡脚猫蹄行雪路，竹叶梅花；

下联：蛇驰马迹印沙泥，芋根木影。

上联：乌鸦飞入鹭鸶群，雪里送炭；

下联：凤凰立在鸳鸯畔，锦上添花。

上联：雪压竹枝随地扫，腹内空虚；

下联：风飘柳絮漫天飞，眼前轻薄。

颁打黄牛背

文字的博弈

对联

上联：鸡犬过霜桥，一路竹叶梅花；

下联：牛马行雪地，两行蚌壳团鱼。

上联：和尚撑船——篙打江心罗汉；

下联：佳人汲水——绳牵井底观音。

上联：醉汉骑驴——颠头簸脑算酒账；

下联：艄公捋橹——打拱作揖讨船钱。

上联：二月春分，八月秋分，昼夜不长不短；

下联：三年一闰，五年再闰，阴阳无错无差。

64

万里长江作浴盆

戏答联

　　其实，口头上的对对子，诗文中的对偶句，还可以追溯到更远的年代。例如，中国二十四史古籍之一《晋书》中记载：陆云与荀隐鹤第一次见面时，互报姓名时即有"云间陆士龙""日下荀隐鹤"。另外在古诗典籍《诗经·采薇》中则有"昔我往矣，杨柳依依；今我来思，雨雪霏霏。"的优美工整、对仗之句。这些例子均说明，对偶是我国诗文的特色，而这种对于语句对偶的文字追求，对于塑造我国对联的特殊语言文字之美韵，也起到了十分重要的作用。

　　所谓戏答，就是轻松的回答，是指带着一种戏噱的口吻回答。也就是说，戏答就是以游戏、玩笑般的态度来回答问题；其潜台词是"大可不必当真"。而以这种戏噱的口吻创作而出的对联，即为戏答联。从艺术境界的角度而言，戏答联的艺术趣味应该是"通俗而不庸俗，风趣而不嘲笑"。举例如下：

　　上联：鞭打黄牛背，
　　下联：棍戳黑狗牙。

千年老树为衣架

文字的博弈

对联

上联：千年老树为衣架，
下联：万里长江作浴盆。

上联：水底月如天上月，
下联：眼中人是面前人。

上联：母鸭无鞋空洗脚，
下联：公鸡有髻不梳头。

上联：碧野田间牛得草，
下联：白杨林里马识途。

上联：绿水本无忧，因风皱面；
下联：青山原不老，为雪白头。

上联：鲈鱼四鳃，独占松江一府；
下联：螃蟹八足，横行天下九州。

上联：竹本无心，遇节岂能空过；
下联：雪非有意，他年又是自来。

眼中人是面前人

66

上联：晚浴池塘，涌动一天星斗；
下联：早登台阁，挽回三代乾坤。

上联：前思后想看左传，书往右返；
下联：坐北朝南吃西瓜，皮向东抛。

上联：松下围棋，松子每随棋子落；
下联：柳边垂钓，柳丝常伴钓丝悬。

上联：五人共伞，小人全仗大人遮；
下联：四口同图，内口皆从外口管。

上联：天当棋盘星作子，谁人能下；
下联：地作琵琶路当弦，哪个敢弹。

上联：读红楼看宝黛钗，调情大观园；
下联：看西厢有张孙杜，斗法普济寺。

上联：水中冻冰，冰种雪，雪上加霜；
下联：空中腾雾，雾成云，云开见日。

水底月如天上月

67

文字的博弈

对联

公鸡有髻不梳头

上联：上黄昏下黄昏，黄昏时候渡黄昏；

下联：东文章西文章，文章桥上晒文章。

上联：四面灯，单层纸，辉辉煌煌，照遍东南西北；

下联：一年学，八吊钱，辛辛苦苦，历尽春夏秋冬。

上联：洞庭湖，八百里，波滚滚浪海涛，大宗师从何而来；

下联：巫山峡，十二峰，云霭霭雾腾腾，本主考从天而降。

上联：四水江第一，四时夏第二，老夫居江夏，谁是第一，谁是第二；

下联：三教儒在前，三才人在后，小子本儒人，岂敢在前，岂敢在后。

隐字联

　　隐字联，亦称藏字联，即在联中故意略掉需要突出的一些字，含蓄巧妙地传达言外之意、弦外之音。隐字联含而不露，曲径通幽，寓意隽永，其中不乏构思巧妙、手法奇特、语言生动的佳作，读之令人拍案叫绝，回味无穷。隐字联通过在联中有意识地将某些字略掉，而含蓄巧妙地表达某种意思，这是第一种隐字联。另外一种隐字联则类似谜语，对联是谜面，所隐的字是谜底。举例如下：

　　上联：一肩风雪三千里，

　　下联：两眼乾坤十二时。

　　上联隐"轿夫"。

　　下联隐"猫"。

　　上联：字写三秋离北塞，

　　下联：路通一线到鹏图。

　　上联隐"雁"。

母鸭无鞋宫洗脚

文字的博弈

对联

下联隐"指南针"。

上联：数声吹起湘江月，
下联：一枕招来巫峡云。
上联隐"笛"。
下联隐"梦"。

上联：一二三四五六七，
下联：孝悌忠信礼义廉。
上联隐"八"，意"王八"。
下联隐"耻"，意"无耻"。

上联：二三四五，
下联：六七八九。
横批：南北。
横批隐"东西"，意思是"没东西"。
上联：隐"一"，即缺一（衣）。
下联：隐"十"，即少十（食）。

上联：咬定一两句，终身得力，
下联：栽成六七竿，四壁皆清。

70

白杨林里马识途

上联写读经书，而不见"书"。

下联谈栽青竹，却不现"竹"。

上联：士为知己，

下联：卿本佳人。

上联出自《战国策》中"士为知己者死"；下联出自《北史》中"卿本佳人，奈何作贼？"，讽刺所骂人是"死人"和"贼人"。

上联：国之将亡必有，

下联：老而不死是为。

上联是《中庸》"国之将亡，必有妖孽"隐去"妖孽"二字；下联是《论语》"老而不死是为贼"隐去"贼"字。

上联：未晚先投二十八，

下联：鸡鸣早看二丨二。

古代天文学有"二十八宿""三十三天"之说，这里的"宿"和"天"二字都被隐去，使人觉得别有趣味。

71

碧野田间牛得草

文字的博弈
对联

两眼乾坤十二时

数字联

　　所谓数字联即在对联中嵌入数字，使数量词在对联中有特殊意义。用数量词组成的对联的作用主要有：一是创造形象和意境，二是加大对仗难度，三是进行数学运算，四是数字合称词的阐释，五是连续嵌入自然数等。我国古代对联艺术中的数字巧对，却能变化无穷，使人们得到极大的趣意。枯燥的数字经文人之手，嵌入对联之中，就会产生意想不到的效果。举例如下：

　　上联：四面荷花三面柳，
　　下联：一城山色半城湖。

　　上联：一门父子三词客，
　　下联：千古文章四大家。

　　上联：爱情如几何曲线，
　　下联：幸福似小数循环。

上联：一粥一饭，当思来处不易；

下联：半丝半缕，恒念物力维艰。

上联：冰冷酒，一点两点三点；

下联：丁香花，百头千头万头。

上联：一掌擎天，五指三长两短；

下联：六合插地，七层四面八方。

上联：花甲重开，外加三七岁月；

下联：古稀双庆，更多一度春秋。

上联：世事再纷繁，加减乘除算尽；

下联：宇宙虽广大，点线面体包完。

上联：会计合数，检验误差重合数；

下联：医生开方，已知病根再开方。

上联：万瓦千砖，百日造成十字庙；

下联：一舟二橹，三人遥过四通桥。

一肩风雪三千里

文字的博弈

对联

上联：万瓦千砖，百日造成十字庙；
下联：一舟二橹，三人遥过四通桥。

上联：水冷金寒，火神庙，大兴土木；
下联：南腔北调，中军官，什么东西。

上联：有三分水二分竹，添一分明月；
下联：从五步楼十步阁，望百步大江。

上联：五百罗汉渡江，岸边波心千佛子；
下联：一个美女对月，人间天上两婵娟。

上联：一蓑一笠一髯翁，一丈长杆一寸钩；
下联：一山一水一明月，一人独钓一海秋。

上联：童子看相，一二三四五六七八九十；
下联：先生讲命，甲乙丙丁戊己庚辛壬癸。

上联：一大乔，二小乔，三寸金莲四寸腰，五匣六盒七彩纷，八分九分十信娇；
下联：十九月，八分圆，七个进士六个还，五更四

路通一线到鹏图

鼓三声向，二乔大乔一人占。

上联：尺蛇人谷，量量九寸零十分；
下联：七鸭浮江，数数三双多一只。

上联：取二川，排八阵，六出七擒，五丈原明灯，四十九盏，一心只为酬三愿；
下联：平西蜀，定南蛮，东和北拒，中军帐变卦，土木金爻，水面偏能用火攻。

字写三秋离北塞

76

一枕招来巫峡云

针顶联

　　所谓针顶联，是指将前一个分句的句脚字，作为后一个分句的句头字，使相邻的两个分句，首尾相连，亦称"联珠对""联锦对"。举例如下：

上联：无锡锡山山无锡，
下联：平湖湖水水平湖。

上联：常德德山山有德，
下联：长沙沙水水无沙。

上联：松叶竹叶叶叶翠，
下联：秋声雁声声声寒。

上联：龙怒卷风风卷浪，
下联：月光射水水射天。

上联：鱼钓钓鱼鱼骇钓，
下联：马鞭鞭马马惊鞭。

上联：山羊上山，山碰山羊角；

下联：水牛下水，水没水牛腰。

上联：一心守道道无穷，穷中有乐；

下联：万事随缘缘有份，份外无求。

上联：水车车水水随车，车停水止；

下联：风扇扇风风出扇，扇动风生。

上联：大肚能容，容天下能容之事；

下联：开口便笑，笑世上可笑之人。

上联：天心阁，阁中鸽，鸽飞阁不飞；

下联：桔子洲，洲旁舟，舟行洲不行。

上联：油蘸蜡烛，烛内一心，心中有火；

下联：纸糊灯笼，笼边多眼，眼里无珠。

上联：千里为重，重山重水重庆府；

下联：一人成大，大邦大国大明君。

77

放声吹起湘江月

文字的博弈

对 联

78

老而不死是为

上联：烈火煎茶，茶滚釜中喧雀舌；
下联：清泉濯笋，笋沉涧底走龙孙。

上联：船载橹、橹摇船，橹动而船行；
下联：线穿针、针引线，线缝而线缀。

上联：山径晓行，岚气似烟，烟似雾；
下联：江楼夜坐，月光如水，水如天。

上联：楼外青山，山外白云，云飞天外；
下联：池边绿树，树边红雨，雨落溪边。

上联：望天空，空望天，天天有空望空天；
下联：求人难，难求人，人人逢难求人难。

上联：开口便笑，笑古笑今，凡事付之一笑；
下联：大肚能容，容天容地，与己何所不容。

上联：白鸟忘饥，任林间云去云来、云来云去；
下联：青山无语，看世上花开花落、花落花开。

集句联

国之将亡必有

　　集句是中国传统的读书人在做诗之外别创的一种韵语文学样式。所谓"集句"，就是集古人之成句以为诗。这须是读诗、做诗达到烂熟程度之后才能驾驭的一种体裁。宋人沈括的《梦溪笔谈》说："王荆公始为集句诗，多者至百韵，皆集合前人之句，语意对偶，往往亲切过于本诗，后人稍有效而为之者。"但王安石不是首创者，晋朝的傅咸曾经集《诗经》句以成篇，是集句的较早开创者。除了集古人的成句而成为一首别致的"集句诗"之外，也有集成句为对联，甚至集字成对联的。一般来说，集句联的来源有集史书句联的、集古籍经书为联的、集古诗诗经为联的、集唐诗宋词为联的、集著名诗词作者的作品为联的，以集古代的宗教古籍、文学评论古籍甚至于书画古籍、音乐古籍为联的。举例如下：

　　（1）集儒家古籍《四书》句为联。例联有：

　　上联：天下有道，

80

鸡鸣早看三十三

下联：国家将兴。

上联：穷不失义，
下联：富而无骄。

上联：后而好学，
下联：乐以忘忧。

上联：持其志无暴其气，
下联：敏于事而慎于言。

（2）集文学评论古籍《文心雕龙》句为联。例联有：

上联：修词立诚，在于无愧；
下联：造物指事，莫非自然。

上联：绚言朱蓝，文约为美；
下联：志在山水，琴表其情。

上联：泉石激韵，林籁结响；
下联：云霞雕色，草木贲华。

（3）集音乐词谱古籍《古乐府》句为联。例联有：

上联：平生怀直道，

下联：大化扬仁风。

上联：沙棠作舟桂为楫，

下联：浮云似帐月如钩。

（4）集魏晋著名诗人陶渊明的诗句为联。例联有：

上联：丈夫志四海，

下联：古人惜寸荫。

上联：化菊东篱下，

下联：种桑长江边。

上联：秋菊有佳色，

下联：幽兰生前庭。

（5）集唐诗中的著名诗句为联。例联有：

上联：美花多映竹，

下联：乔木自成林。

上联：云山起翰墨，

下联：星斗焕文章。

上联：松风清耳目，

文字的博弈

对联

下联：蕙气袭认襟。

上联：顾视清高气深稳，
下联：文章彪炳光陆离。

上联：鸟啼碧树闲临水，
下联：竹映高墙似傍山。

上联：倾壶待客花开后，
下联：出竹吟诗月上初。

上联：实事渐消虚事在，
下联：长年方悟少年非。

上联：一路沿溪花复水，
下联：几家深树碧藏楼。

上联：舍南舍北皆春水，
下联：他席他乡送客怀。

上联：城隅绿水明秋日，

82

一城山色半城湖

下联：江上诗情为晚霞。

（6）集唐代诗王李白的著名诗句为联。例联有：

上联：桂子落秋月，

下联：荷花羞玉颜。

上联：天长落日远，

下联：意重泰山轻。

上联：闲吟步竹石，

下联：长醉歌芳菲。

上联：心悬万里外，

下联：兴在一杯中。

上联：死生一度人皆有，

下联：意气相倾山可移。

上联：浣溪石上窥明月，

下联：向日楼中吹落梅。

（7）集唐代著名诗人杜甫的诗句为联。例联有：

上联：倚杖看孤石，

四面荷花三面柳

对联

下联：开林出远山。

上联：甘从千日醉，
下联：耻与万人同。

上联：穷愁但有骨，
下联：诗兴不无神。

上联：万里秋风吹锦水，
下联：九重春色醉仙桃。

上联：不知明月为谁好，
下联：更有澄江消客愁。

上联：侧身天地更怀古，
下联：独立苍茫自咏诗。

上联：歌词自作风格老，
下联：诗卷长流天地间。

（8）集唐代散文大家韩愈的著名诗句为联。例联有：
上联：莫忧世事兼身事，

84

千古文章四大家

下联：却道新花胜旧花。

上联：正值万株红叶满，
下联：问言何处芙蓉多。

上联：自笑平生夸胆气，
下联：须知节候即风寒。

（9）集我国宋诗中的著名诗句为联。例联有：
上联：立脚怕从风俗转，
下联：商怀犹有古人知。

上联：深林闲数新添竹，
下联：残烛贪看未见书。

上联：好山当户碧云晚，
下联：古屋贮月松风凉。

上联：吾山自信云舒卷，
下联：片心高与月徘徊。

上联：林花经雨香犹在，

文字的博弈

对 联

下联：芳草留人意自闲。

上联：藏书万卷可教子，
下联：买地十亩皆种松。

上联：门无车马终年静，
下联：卒对琴书百虑清。

上联：林罅忽明知月上，
下联：竹梢微响觉风来。

上联：我书意造本无法，
下联：此老胸中常有诗。

（10）集宋代词学大家苏轼的著名诗句为联。例联有：

上联：身行万里半天下，
下联：眼高四海空无人。

上联：才大古来难适用，
下联：人生何处不相逢。

上联：天下几人学杜甫，

下联：诗中自合爱陶潜。

上联：古来画师非俗士，

下联：此间风物属诗人。

（11）集宋代诗歌大家陆游的著名诗句为联。例联有：

上联：山河兴废人搔首，

下联：风雨纵横乱入楼。

上联：看镜已成双白鬓，

下联：名山踏破几青鞋。

上联：小楼一夜听春雨，

下联：孤桐三尺泻秋泉。

（12）集我国宋词中的著名词句为联。例联有：

上联：独抱琵琶寻旧曲，

下联：数教鹦鹉念新诗。

上联：半空月影流云碎，

下联：十里梅花作雪声。

上联：流水白云常自在，

几枝疏影千秋色

文字的博弈

对联

下联：金风玉露一相逢。

上联：翠药红蕖几番风雨，
下联：黄花绿菊好个霜天。

上联：天气欲重阳，几番风雨；
下联：登临望故国，万里山河。

上联：忍泪觅残红，柔情似水；
下联：起舞弄清影，瘦骨临风。

上联：试上小红楼，论诗说剑；
下联：更尽一杯酒，举首高歌。

上联：花坞春长，烟火千家都入画；
下联：桃源路近，桑麻十里尽成荫。

上联：无处觅残红，试问东风春愁怎画；
下联：浮生等萍迹，不知江左燕入谁家。

上联：章台柳，章台柳，往日依依今在否；

88

平湖湖水水平湖

下联：斑竹枝，斑竹枝，泪痕点点寄相思。

上联：大江东去，平楚南来，一带江山如画；

下联：高柳垂阴，老鱼吹浪，依稀风韵生秋。

（13）集我国古代历史著名的书法碑贴古籍、历史古籍与山林石刻而为联。例联有：

出自《三坟》的字联：搏观万卷才识豪迈；纪述百家文翰昌明。

出自《秦绎山碑》的字联：言之高下在于理；道无古今维其时。泽以长流乃称远；山因直上而成高。

出自《汉曹全碑》的字联：诸子百家不分门户；名山大川各效文章。

出自《汉鲁峻碑》的字联：春归花不落；风静月长明。纵怀华事当春去；畅足清游载月归。

出自《汉樊敏碑》的字联：古人所重在大节；君子于学无常师。门有古松庭无乱石；秋宜明月春则和风。

出自《兰亭序》的字联：一亭俯流水；万竹引清风。一亭尽揽山中趣；幽室能观世外天。取静于山寄情于水；虚怀若竹清气若兰。

出自《圣教序》的字联：三春花满香如海；八月涛来水作山。门掩梨花深见月；寺藏松叶远闻钟。

无锡锡山山无锡

文字的博弈

对 联

出自《泰山铭》的字联：风至山中无不和畅；月生海上自极高明。

出自《景君铭》的字联：虚心为竹；清节而秋。著作追先哲；精神让后生。

出自《争坐位帖》的字联：入世须才更须节；传家积德还积节。

出自《多宝塔碑》的字联：脱俗书成一家法；写生卷有四时春。观书要能自出见解；处世无过善体人情。

出自《醴泉铭》的字联：明月清风深有味；左图右史交相辉。

出自史书的句联：高柳生风扶桑盛日；天桃敷水落杏飞花。十步之间必有芳草；计月既望常见浮槎。每抚琴操令万山皆响；聊欲弦歌作三径之资。

90

长沙沙水水无沙

讽喻联

所谓讽喻就是指用讲故事的办法来比喻事物，说明道理，达到启示、诱导或讽刺谴责的目的。讽喻是一种故事性的修辞手法。一般来说，在说话或写文章时，有的道理不便于直说或明说，或者不容易说得明白、动听，就用说故事的方法来说明道理，这种修辞方法就叫讽喻。运用讽喻手法，通过说故事的方式来说明一个道理，以达到启发、教育、谴责的目的。讽喻又分为"引述""编写"两种形式。而运用讽喻的修辞方式创作而出的对联就是讽喻联。其多指起到讽刺、教育作用的对联。举例如下：

上联：早行节俭事，
下联：不过淡泊年。

上联：年年难过年年过，
下联：处处无家处处家。

常德德山山山有德

文字的博弈

92

秋声雁声声声寒

上联：著著著，主子洪福；

下联：是是是，皇上圣明。

上联：早死一时天有眼，

下联：再留三日地无皮。

上联：一担重泥遇子路，

下联：两堤夫子笑颜回。

上联：民国万税，牛头喜得生龙角；

下联：天下太贫，狗嘴何曾出象牙。

上联：云锁高山，哪个尖峰敢出；

下联：日穿漏壁，这条光棍难拿。

上联：一盏灯，四个字，酒酒酒酒；

下联：三更鼓，两面锣，汤汤汤汤。

上联：客舍凄清，恰似今宵七夕；

下联：寒林寂寞，可移下月中秋。

上联：是是非非，非非是是，是非不分；

下联：正正反反，反反正正，正反一样。

上联：冬迁南国，夏选北疆，会不背时令；

下联：彼避严寒，此消酷暑，风正合人心。

上联：官大，权大，肚子大，口袋更大；

下联：手长，舌长，裙带长，好景不长。

上联：民犹是也，国犹是也，无分南北；

下联：总而言之，统而言之，不是东西。

上联：一色水天秋，却难洗三字污秽；

下联：双清风月夜，正好分两世精忠。

上联：绿竹本无心，遇节即时挨不过；

下联：黄花如有约，重阳以后待何迟。

上联：爱民如子，金子银子皆吾子也；

下联：执法如山，钱山靠山其为山乎。

松叶竹叶叶叶翠

93

文字的博弈

对联

上联：山好好，水好好，开门一笑无烦恼；

下联：来匆匆，去匆匆，下马相逢各西东。

上联：军阀跑，国防跑，富绅跑，跑跑跑，看着跑垮刮民党；

下联：工人来，农民来，士兵来，来来来，共同来建苏维埃。

上联：大老爷过生，金也要，银也要，银钱也要，红白一把抓，不分南北；

下联：小百姓该死，稻未熟，麦未熟，高粱未熟，青黄两不接，送甚东西。

上联：父进士，子进士，父子同进士；婆夫人，媳夫人，婆媳皆夫人。

下联：父进土，子进土，父子同进土；婆失夫，媳失夫，婆媳皆失夫。

上联：南南北北，文文武武，争争斗斗，时时杀杀砍砍，搜搜刮刮看看，干干净净；

下联：户户家家，女女男男，孤孤寡寡，处处惊惊

94

月光射水水射天

慌慌，哭哭啼啼真真，凄凄惨惨。

上联：见州县则吐气，见道台则低眉，风督抚大人茶话须臾，只解道说几个"是是是"；

下联：有差役为爪牙，有书吏为羽翼，有地方绅董袖金赠贿，不觉得笑一声"哈哈哈"。

上联：大帅用兵，士卒效命，车辚辚马萧萧，气象巍巍，祝此去一炮成功，方不愧出将入相；

下联：至尊在上，长短休论，文泄泄武沓沓，议和叠叠，到后来万人失望，只落得抢地呼天。

上联：回忆去岁，饥荒五、六、七月间，柴米尽焦枯，贫无一寸铁，赊不得，欠不得，虽有近亲远戚，谁肯雪中送炭；

下联：侥幸今年，科举头、二、三场内，文章皆合适，中了五经魁，名也香，姓也香，不拘张三李四，都来锦上添花。

龙恕卷凤凤卷浪

96

谐音双关联

马叛叛马马惊叛

谐音，就是利用同音或近音的条件，用同音或近音字来代替本字，令人联想产生辞趣。谐音多用作暗喻事物，广泛用于谜语之中。而双关是汉语传统的修辞方式，双关法是巧用汉字的字、音、义的相同或相异之差别而形成言此而及彼的语言效果。即利用语言文字同音，同义的关系，使一句话涉及到两件事情或两种内容，一语双关地表达作者所要表达的意思。双关的形式主要有谐音、借义两种。所谓借义是指利用汉语中部分字词有不种含义的特点创作对联。所谓歧义联是出于某种需要而精心构思，使得在不同的断句方式下，联意会发生很大变化，甚至相反。这就是利用两读法创作的对联。恰当使用双关，有一箭双雕之妙。有时幽默诙谐，饶有风趣；有时委婉含蓄，耐人寻味。举例如下：

上联：尼姑栽秧，双手按插布阵；

下联：和尚挑水，两膀尽是汗淋。

"按插"谐"按察"，"布阵"谐"布政"。

"尽是"谐"进士"，"汗淋"谐"翰林"。

上联：清风满地难容我，

下联：明月何时再照人。

"清"暗喻清朝统治。

"明月"怀念明代。

上联：檐下蜘蛛，一腔丝意；

下联：庭前蚯蚓，满腹泥心。

"丝"谐"私"。

"泥"谐"疑"，方言读音。

上联：粟绽缝黄见，

下联：藕断露丝飞。

上联谐"凤凰"。

下联谐"鹭鸶"。

上联：孔子生于舟末，

下联：光舞起自汉中。

"舟"谐"周"。

"舞"谐"武"。

文字的博弈

对联

国家将兴

上联：雨洒灰堆成麻子，

下联：风吹荷叶像乌龟。

"成"谐"陈"。

"像"谐"向"。

上联：塔内点灯，层层孔明诸角亮；

下联：池中栽藕，节节太白理长根。

诸葛亮，字孔明。

李太白，字长庚。

上联：师姑田里挑禾上，

下联：美女堂前抱绣裁。

"禾上"谐音"和尚"。

"绣裁"谐音"秀才"。

上联：因荷而得藕，

下联：有杏不须梅。

"荷"谐"何"，"藕"谐"偶"。

"杏"谐"幸"，"梅"谐"媒"。

上联：昨夜敲棋寻子路，

下联：今朝对镜见颜回。

子路，即孔子的弟子，又可解为"棋子的路数"。

颜回，即孔子的弟子，又指"面颜的真容"。

99

天下有道

100

敏于事而慎于言

拆字合字联

　　所谓拆字，就是把一个字拆成两个字。这种方法在中国古代的易经玄学以及梅花易术等传统国学中十分常见，而且多用于以拆字来预测、占卜或改名。由于中国汉字中有相当部分属于合体字（即一个字由许多单体字组合而成），且有着意义丰富多彩的偏旁部首，这就为拆字提供了基础。

　　所谓合字就是把一些单体字合成一个字，或把一些部首拆分后重新组合成一个字。在对联创作中，所谓拆字合字联就是指通过拆字、合字把一个字拆成几个字，或把几个字合成一个字，从而构成字面上的对偶，蕴含某种微妙思想内容的对联创作手法。举例如下：

　　上联：少水沙即现，

　　下联：是土堤方成。

　　上联合"少水"为沙。

　　下联合"是土"为堤。

上联：蚕为天下虫，

下联：鸿是江边鸟。

上联拆"蚕"字。

下联拆"鸿"字。

上联：闲看门中木，

下联：思间心上田。

上联拆"闲"字。

下联拆"思"字。

上联：张长弓，骑奇马，单戈作战；

下联：嫁家女，孕乃子，生男曰甥。

上联拆"张""骑"字，合"单戈"为战（繁体）。

下联拆"嫁""孕"字，合"生男"为甥。

上联：踏破磊桥三块石，

下联：分开山路两重山。

上联拆"磊"字。

下联拆"出"字。

上联：冻雨洒人，东两点西三点；

101

102

乔木自成林

下联：切瓜分客，横七刀竖八刀。

上联拆"冻""洒"字。

下联拆"切""分"字。

上联：天下口，天上口，志在吞吴；

下联：人中王，人边王，意图全任。

上联拆"吞""吴"字。

下联拆"全""任"字。

上联：一目不明，开口便成两片；

下联：廿头割断，此身应受八刀。

上联拆"鼎"字。

下联拆"芬"字。

上联：冯二马驯三马冯驯五马诸侯；

下联：伊有人尹无人伊尹一人元宰。

上联拆"冯驯"。

下联拆"伊尹"。

上联：墙上挂珠帘，你说是王家帘、朱家帘；

下联：半夜生孩儿，我管他子时乎、亥时乎。

上联拆"珠"。

下联拆"孩"。

上联：古木枯，此木成柴；

下联：女子好，少女更妙。

上联合"古木"为枯，"此木"为柴。

下联合"女子"为好，"少女"为妙。

上联：人曾是僧，人弗能成佛；

下联：女卑为婢，女又可称奴。

上联合"人曾"为僧，"人弗"为佛。

下联合"女卑"为婢，"女又"为奴。

上联：三女为奸，二女皆从一女起；

下联：五人共伞，小人全靠大人遮。

上联合"三女"为奸（繁体）。

下联合"五人"为伞（繁体）。

上联：十口心思，思国思家思社稷；

下联：八目尚赏，赏风赏月赏秋香。

上联合"十口心"为思。

文字的博弈

对联

下联合"八目尚"为赏。

上联：日在东，月在西，天上生成明字；

下联：子居右，女居左，世间配定好字。

上联合"日月"为明。

下联合"子女"为好。

上联：竹寺等僧归，双手拜四维罗汉；

下联：木门闲可至，两山出大小尖峰。

上联合"竹寺"为等，"双手"为拜，"四维"为罗。

下联合"木门"为闲，"两山"为出，"大小"为尖。

上联：四维罗，马各骆，罗上骆下罗骑骆；

下联：言者诸，豕者猪，诸前猪后诸牵猪。

上联合"四维"为罗，"马各"为骆。

下联合"言者"为诸，"豕者"为猪。

上联：寸土为寺，寺旁言诗，诗曰：明月送僧归古寺；

下联：双木为林，林下示禁，禁云：斧斤以时入山林。

上联合"寸土"为寺，"言寺"为诗。

下联合"双木"为林，"林示"为禁。

星斗焕文章

上联：晶字三个日，时将有日思无日，日日日，百年三万六千日；

下联：品字三个口，宜当张口且张口，口口口，劝君更尽一杯酒。

上联拆"晶"字。

下联拆"品"字。

上联：日月明朝昏，山风岚自起，石皮破仍坚，古木枯不死；

下联：可人何当来，千里重意若，永言咏黄鹤，士心志未已。

上联合"明""岚""破""枯"字。

下联合"何""重""咏""志"字。

云山起翰墨

105

106

薰气袭人认褛

叠字复字联

　　所谓叠字，又名"重言"，是指由两个相同的字组成的词语。人们在创作对联时，常常将叠字运用于联语创作的方法，就是叠字法。用叠字法作对联，可以生动地表现对联的意境，语音上和谐悦耳，节奏明朗，韵律协调，具有表情达意的形象性，因而可以增强对联的艺术魅力，获得特定的表达效果。在对联创作中，叠字法的运用是非常广泛的，几乎随处可见。一般来说，在联中分别有一个或数个同样的字相继重叠出现，为"叠字"联，而将一个或几个字按照某种规律，重复出现多次，则称为"复字联"。举例如下：

　　上联：看山山已峻，

　　下联：望水水乃清。

　　上联：烟水亭，吸水烟，烟从水起；

　　下联：风浪井，搏浪风，风自浪兴。

上联：不生事，不怕事，自然无事；
下联：能爱人，能恶人，方是正人。

上联：一盏清茶，解解解解元之渴；
下联：五言绝诗，施施施施主之才。

上联：进进出出，笑颜开，人人满意；
下联：挑挑拣拣，花色美，件件称心。

上联：月月月明，八月月明明分外；
下联：山山山秀，巫山山秀秀非常。

上联：风风雨雨，暖暖寒寒，处处寻寻觅觅；
下联：莺莺燕燕，花花叶叶，卿卿暮暮朝朝。

上联：重重叠叠山，曲曲环环路；
下联：高高下下树，叮叮咚咚泉。

上联：山山水水，处处明明秀秀；
下联：晴晴雨雨，时时好好奇奇。

松风清耳目

107

文字的博弈

对联

上联：佳山佳水佳风佳月，千秋佳地；
下联：痴声痴色痴梦痴情，几辈痴人。

上联：读书好，耕田好，学好便好；
下联：创业难，守业难，知难不难。

上联：山美水美春光美，宏图更美；
下联：人新事新时代新，伟业更新。

上联：天近山头，行到山腰，天更远；
下联：月浮水面，捞到水底，月还沉。

上联：风竹绿竹，风翻绿竹竹翻风；
下联：雪里白梅，雪映白梅梅映雪。

上联：风扇扇风，风出扇，扇动风生；
下联：水车车水，水随车，车停水止。

上联：重重喜事，重重喜，喜年年获风收；
下联：盈盈笑语，盈盈笑，笑频频传报捷。

文章氤炳光陆离

108

上联：佛脚清泉飘，飘飘飘，飘下两条玉带；

下联：源头活水冒，冒冒冒，冒出一串珍珠。

上联：扒扒扒，扒扒扒，扒扒扒，扒到龙门叁级浪；

下联：唱唱唱，唱唱唱，唱唱唱，唱出仙姬七姐歌。

上联：分水桥边分水吃，分分分开；

下联：看花亭下看花回，看看看到。

上联：蒲叶、桃叶、葡萄叶，草本木本；

下联：梅花、桂花、玫瑰花，春香秋香。

上联：天上月圆，人间月半，月月月圆，逢月半；

下联：今年年底，明年年初，年年年底，接年初。

上联：月圆月缺，月缺月圆，年年岁岁，暮暮朝朝，黑夜尽头方见日；

下联：花开花落，花落花开，夏夏秋秋，暑暑凉凉，严冬过后始逢春。

上联：民团跑，地主跑，土豪跑，劣绅跑，跑！

顾视清高气深稳

中国对联的各种类型　第三章

109

文字的博弈

对 联

跑！跑！跑垮反对派。

下联：工人来，农民来，士兵来，干部来，来！来！来！来建新天地。

上联：南南北北，文文武武，争争斗斗，时时杀杀砍砍，搜搜刮刮，看看干干净净；

下联：户户家家，女女男男，孤孤寡寡，处处惊惊慌慌，哭哭啼啼，真真凄凄惨惨。

110

竹映高墙似傍山

异字同音联

111

　　在中国汉字字库里，有许多字形不同但读音相同的汉字，这些形不同音同的汉字，可能意思相同，也可能不同，由此而组成对联即可产生惟妙惟肖的艺术效果。而把一个字或几个字形，字义不同而读音相同的字，分别安排在一副对联内，这便是"异字同音"联。异字同音联的常用创作手法是"绕口"，即采用汉语一字多音，异字同音的特点组成复杂的有趣联语，以造成变读绕口的效果，这种创作对联的方法就叫作绕口法。举例如下：

　　上联：屋北鹿独宿，

　　下联：溪西鸡齐啼。

　　上联：饥鸡盗稻童桶打，

　　下联：暑鼠凉梁客咳惊。

　　上联：盗者莫来，道者来；

鸟啼碧树闲临水

文字的博弈

对 联

下联：闲人免进，贤人进。

上联：风吹蜂，蜂扑地，风息蜂飞；
下联：李打鲤，鲤沉底，李沉鲤浮。

上联：鹰立树梢，月照斜影鹰不斜；
下联：猫伏墙角，风吹毛动猫未动。

上联：侍郎游市，眼前柿树是谁栽；
下联：和尚过河，手扯荷花何处插。

上联：密云不雨，通州无水不通舟；
下联：钜野皆田，即墨有秋皆即麦。

上联：水陆洲，洲停舟，舟行洲不行；
下联：天心阁，阁落鸽，鸽飞阁未飞。

上联：姑娘栽谷，谷秧掉姑娘脚前；
下联：指挥烧纸，纸灰飞指挥头上。

上联：蒲叶桃叶葡萄叶，草本木本；

出竹吟诗月上初

下联：梅花桂花玫瑰花，春香秋香。

上联：鸡站箕沿上，鸡压箕，翻箕扑鸡；
下联：驴系梨树下，驴挨梨，落梨打驴。

上联：鹦鹉洲，洲上舟，水推舟流洲不流；
下联：洛阳桥，桥下荞，风吹荞动桥不动。

上联：麻姑吃蘑菇，蘑菇藓，麻姑仙；
下联：童子打桐子，桐子落，童子乐。

上联：童子打桐子，桐子落，童子乐；
下联：和尚立河上，河上崩，和尚奔。

上联：尼姑沽酒，酒美价廉，尼姑宜沽；
下联：和尚上楼，楼高梯短，和尚何上。

上联：客来醉，客去睡，老无所事呼可愧；
下联：论学粗，论政疏，诗不成家聊自娱。

上联：游西湖，提锡壶，锡壶掉西湖，惜乎锡壶；

倾壶待客花开后

文字的博弈

对联

下联：寻进士，遇近视，近视中进士，尽是近视。

上联：无山得似巫山好，
下联：何水能如河水清。

上联：移椅倚桐，同观月；
下联：等灯登阁，各攻书。

上联：嫂扫乱柴呼叔束，
下联：姨移破桶令姑箍。

上联：书临汉帖瀚林书，
下联：面上荷花和尚面。

上联：焦山洞里住椒山，
下联：扬子江头渡杨子。

长年方悟少年非

同字异音联

同字异音其实就是一字多音（即多音字）。多音字可以分为六类：一是词性不同、词义不同、读音也不同，读音有区别词性和词义的作用。二是文言文中的一些通假字延续使用到现代而形成了多音字。三是普通用法和人名地名等用法不同而造成多音。四是使用情况不同，读音也不同，读音有区别用法的作用。五是语体不同，读音不同，读音有区别语体的作用。六是方言词汇的存在而造成多音。在现代汉语中，多音字处于不同的词语或句子中，读音就会有所不同。总之，一字多音是汉字的一个特色，这一现象丰富了汉字，也给人们茶余饭后留下了话题，而文人墨客们则根据一字多音创作了许多妙趣横生的对联佳作。所谓同字异音联，就是利用汉字一字多音的特点而组成的对联。举例如下：

上联：朝朝朝朝朝朝汐，

下联：长长长长长长消。

上联读音：朝朝潮，朝潮朝汐。

实事渐消灵事在

文字的博弈

对 联

下联读音：长长涨，长涨长消。

上联：行行行行行行行，
下联：长长长长长长长。
上联读音：杭行杭行杭杭行。
下联读音：长涨长涨长长涨。

上联：乐乐乐乐乐乐乐，
下联：朝朝朝朝朝朝朝。
上联读音：骆曰，骆曰，骆骆曰。
下联读音：招潮，招潮，招招潮。

上联：朝云朝朝朝朝朝朝朝退，
下联：长水长长长长长长长流。
上联读音：朝云潮，朝朝潮，朝朝朝退。
下联读音：长水涨，长长涨，长涨长流。

上联：海水朝朝朝朝朝朝朝朝落，
下联：浮云长长长长长长长长消。
上联读音：海水潮，朝朝潮，朝潮朝落。
下联读音：浮云涨，长长涨，长涨长消。

116

几家深树碧藏楼

上联：酒热不须汤盏汤，

下联：厅来无用扇车扇。

上联后一"汤"读"烫"。

下联后一"扇"读"煽"。

上联：长长长长长长长，

下联：长长长长长长长。

横批：长长长长。

上联读音：长涨长涨长长涨。

下联读音：涨长涨长涨涨长。

横批读音：涨涨涨涨。

117

一路沿溪花复水

文字的博弈

对联

同偏旁部首联

他席他乡送客怀

　　偏旁是合体字的结构单位，又称部件，是由笔画组成的具有组配汉字功能的构字单位。从前称合体字的左方为"偏"，右方为"旁"；现在把合体字的组成部分统称为"偏旁"。位于字的左边，叫"左偏旁"；位于字的右边，叫"右偏旁"。在汉字形体中常常出现的某些组成部分。如"位、住、俭、停"中的"亻"，"国、固、圈、围"中的"囗"等，都是偏旁。传统的汉字结构根据汉字的构成单位把汉字分成独体字、合体字两类。独体字（如日、月、上、下）由笔画构成，合体字（如休、取、架）由偏旁构成。部首是汉语字典里根据不同偏旁划分的部目，由东汉许慎首创。他在《说文解字》中把形旁相同的字归在一起，称为部，每部把共同所从的形旁字列在开头，这个字就称为部首。如木、杜、李等字都属木部，木就是部首。偏旁是部首作为左旁或右旁时的称呼。而在中国对联艺术中，经过精心构思，利用偏旁、部首相同的汉字组成的对联，就是

"同偏旁部首联"。举例如下：

上联：烟锁池塘柳，

下联：炮镇海城楼。

上联：嗟叹嚎啕哽咽喉，

下联：泪滴湘江流满海。

上联：驱骚驶驽，骜马骤；

下联：植檀栽桂，森木荣。

上联：荷花茎藕，蓬莲苔；

下联：芙蓉芍药，蕊芬芳。

上联：湛江港清波滚滚，

下联：渤海湾浊浪滔滔。

上联：逢迎远近逍遥过，

下联：进退连还运道通。

上联：宠宰宿寒家，穷窗寂寞；

下联：客官寓宫宦，富室宽容。

119

舍南舍北皆春水

文字的博弈

对联

上联：大木森森，松柏梧桐杨柳；

下联：细水淼淼，江河溪流湖海。

上联：寄寓客家，牢守寒窗空寂寞；

下联：迷途逝远，返回达道游逍遥。

江上诗情为晚霞

绝对难联

121

城隅绿水明秋日

"学士青莲尚书红杏；中郎绿绮太史黄庭"，这副门联以青、红、绿、黄四种色彩代表古代四位名人。其中，"学士青莲"是唐朝大诗人李白，号青莲居士。"尚书红杏"是宋朝尚书宋祁，写了"红杏枝头春意闹"。"中郎绿绮"是汉朝官拜中书郎的蔡邕，善鼓名琴绿绮。"太史黄庭"是晋朝书法家王羲之，写过《黄庭外景经》。此联对仗工丽，寓意典雅，精妙绝伦。可谓是绝妙的对联。

中国对联里的所谓的绝对难联有两种：一是绝妙之联，即用字用词格调神韵等均非同寻常，堪称绝对的那种；二是难联，即古往今来，有的对联因上联过于奇巧，使人难以应对，没有下联，于是便成世代难对的那种，如绝对难联"烟锁池塘柳"，至今仍无适合的下联。下面我们就来列举一些古今绝对难联以供欣赏。

上联：烟锁池塘柳，

下联：（缺）

文字的博弈

对联

意重泰山轻

上联：象州象山山像象，

下联：（缺）

上联：柳柳州，柳州种柳，柳成行；

下联：（缺）

上联：半山亭，停半山，半途莫废；

下联：（缺）

上联：蜂巢蜂树结，风吹枫叶掩枫门；

下联：（缺）

上联：铁瓮城西，金玉银山，三宝地；

下联：（缺）

上联：烟沿艳檐烟燕眼，

下联：（缺）

上联：寂寞寒窗空守寡，

下联：（缺）

上联：望天空，空望天，天天有空望空天；

下联：（缺）

上联：一杯清茶，解解解元之渴；

下联：（缺）

上联：炭去盐归，黑白分明山水货；

下联：（缺）

上联：月照纱窗，个个孔明诸葛亮；

下联：（缺）

上联：钟鼓楼中，终夜钟声撞不断；

下联：（缺）

上联：好女子己酉生，问门口何人可配；

下联：（缺）

上联：霜降降霜，儿女无双双足冷；

下联：（缺）

文字的博弈

对联

上联：夏大禹，孔仲尼，姬旦，杜甫，刘锡禹；
下联：（缺）

上联：今世进士，尽是近视；
下联：（缺）

上联：今夕何夕，两夕已多；
下联：（缺）

上联：江氏在江亭追悼江西江县令；
下联：（缺）

上联：由山而城，由城而陂，由陂而河，由河而海，每况愈下；
下联：（缺）

上联：游西湖，提锡壶，锡壶掉西湖，惜乎锡湖；
下联：（缺）

上联：南通前，北通前，南北通前通南北；
下联：（缺）

意气相倾山可移

上联：望江楼，望江流，望江楼下望江流，江楼千古，江流千古；

下联：（缺）

上联：白塔街，黄铁匠，生红炉，烧黑炭，冒青烟，闪蓝光，淬紫铁，坐北朝南打东西；

下联：（缺）

上联：一孤舟，二客商，三四五六水手，扯起七八二页风篷，下九江；

下联：（缺）

上联：架一叶扁舟，荡两支桨，支三四片篷，坐五六个客，过七里滩，到八里湖，离开九江已有十里；

下联：（缺）

上联：大凉山山山小，小凉山山山大，不论大山小山，都是锦绣河山；

下联：（缺）

125

苑生一度人皆有

文字的博弈

对联

上联：省曰黔省，江曰乌江，神曰黑神，缘何地近南天，却占北方正色？

下联：（缺）

上联：一岁二春双八月，人间两度春秋；

下联：（缺）

上联：家住长安，出仕东安，貌比潘安，才比谢安，修己以安人，修己以安百姓；

下联：（缺）

上联：半山亭，伴仙亭，仙停半山，山亭伴山，到此称伴半；

下联：（缺）

上联：柳州府，柳城县，府名柳，县名柳，知府台前种杨柳，两个黄鹂鸣翠柳；

下联：（缺）

白日楼中吹落梅

回文倒顺联

127

浣溪石上窥明月

　　回文，也写作"回纹""回环"，即把相同的词汇或句子，在下文中调换位置或颠倒过来，产生首尾迴环的情趣，叫做回文，也叫回环。它是汉语特有的一种使用词序回环往复的修辞方法，文体上称之为"回文体"。唐代上官仪说，"诗有八对"，其七曰"回文对"，"情新因意得，意得逐情新"，用的就是这种方法。回文修辞手法充分展示了汉语以单音节语素为主和以语序为重要语法手段的特点，读来回环往复，绵延无尽，给人以荡气回肠，意兴盎然的美感。回文的形式在晋代以后就很盛行。人们用这种手法造句、写诗、填词、谱曲，从而形成回文、文诗、回文词和回文曲。运用回文手法创作的对联就是回文联。

　　我们的母语汉语是世界上表意最丰富的语言，也是组合性最强的语言，一个字往往可以和不同的字组成不同的词语，能表示多个意向，并且有些词还可以颠倒用，不但意思明白，而且词义有趣多变。比如有些由

文字的博弈

对联

九重春色辞仙桃

两个意思相近的字组成的词，把它颠倒过来念，意思仍然不变。如：讲演——演讲、依偎——偎依、喜欢——欢喜、奋发——发奋、寂静——静寂、容颜——颜容、情感——感情、别离——离别、虚空——空虚等等。还有的内容相关联的字颠倒后，意思仍然相近或相关，如：积累——累积、夜半——半夜、胆大——大胆、雪白——白雪、痴情——情痴、蜜蜂——蜂蜜、黄金——金黄、彩色——色彩、云彩——彩云、奶牛——牛奶等等。汉语修辞里的这种语言文字现象叫做"倒顺"，而由其组成的对联则可谓是意境深远，韵律优美，具有很强的语言旋律的美感，富有音乐性。上联可以倒读成下联，或者上、下联同时倒读成一副新的对联，且文句通顺，意思完整，就是"倒顺联"。

上联：人过大佛寺，
下联：寺佛大过人。

上联：贤出多福地，
下联：地福多出贤。

上联：人中柳如是，
下联：是如柳中人。

上联：油灯少灯油，

下联：火柴当柴火。

上联：脸映桃红桃映脸，

下联：风摇柳绿柳摇风。

上联：雪映梅花梅映雪，

下联：莺宜柳絮柳宜莺。

上联：秀山轻雨青山秀，

下联：香柏古风古柏香。

上联：雨滋春树碧连天，

下联：天连碧树春滋雨。

上联：风送花香红满地，

下联：地满红香花送风。

上联：艳艳红花随落雨，

下联：雨落随花红艳艳。

129

万里秋风吹锦水

文字的博弈
对联

上联：处处飞花飞处处，

下联：潺潺碧水碧潺潺。

上联：处处红花红处处，

下联：重重绿树绿重重。

上联：雾锁山头山锁雾，

下联：天连水尾水连天。

上联：雪岭吹风吹岭雪，

下联：龙潭活水活潭龙。

上联：凤落梧桐梧落凤，

下联：珠联璧合璧联珠。

上联：静泉山上山泉静，

下联：清水塘里塘水清。

上联：香山碧云寺云碧山香，

下联：黄山落叶松叶落山黄。

130

第四章

中国对联的创作技巧

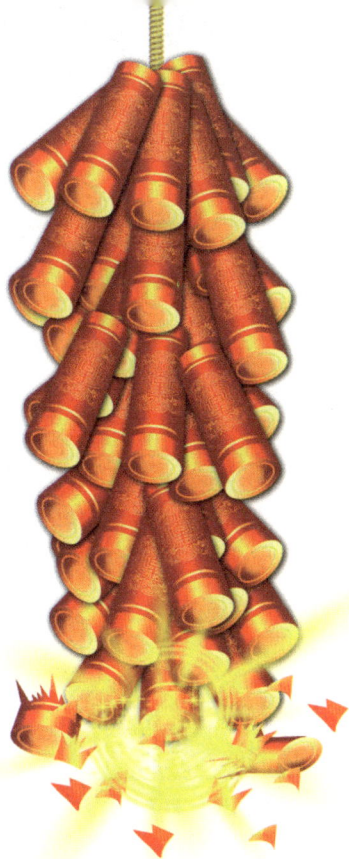

众所周知，对联对格式、用字、内容等要求很严格，因而想要创作出一幅真正合格，而且具有一定内涵的对联还是非常困难的。比如对联首先要求上下联字数相等，其次上下联的用词都要词性相当，另外上下联的结构要相称，平仄相谐，等等。另外，对联创作时还要注意结构，用字，用典等，只有仔细考虑到方方面面的要求，严格按照要求才能创作出比较符合要求并且形式结构工整的对联。因此，为了使读者更加系统地了解对联的创作技巧，本章我们就来为大家一一讲解对联的格律知识，对联的常用句法，结构技巧，用字技巧，用典技巧，以及领字与格调等相关知识。

中国对联格律的要素

字数相等

▲▲▲

字数相等，内容相关。即上联字数等于下联字数。长联中上下联各分句字数分别相等。上下联之间内容应当相关，如果上下联各写一个不相关的事物，两者不能照应、贯通、呼应，则不能算一幅合格的对联，甚至不能算作对联。比如：一劳永逸长生乐；万象回春大地新。此联在平仄、词性方面基本对称，但上下联内容相互孤立，不能共同表达一个完整的主题。上联是化北魏贾思勰《齐民要术 种苜蓿》句："此物长生，种者一劳永逸"。下联则是一般春联句，两者没有联系。

上下联内容的关系大致分为两种：

是正对：即上下联立意相近，如：觉行庄严；功德圆满。

二是反对：即上下联立意相反，如：心平积福；欲重招殃。

文字的博弈

对 联

134

却道新花胜旧花

另外，上下联内容之间还存在各种逻辑关系，常见的有并列、连贯、递进、假设、条件、转折、选择、因果、目的等。接下来我们就来说说一说"无情对""分咏格诗钟"与"同义相对"。

（1）无情对。相传"无情对"为清代张之洞所创。一天，张之洞在陶然亭会饮，以当时人的一句诗"树已半寻休纵斧"为上句，张对"果然一点不相干"，另一人则对"萧何三策定安刘"。上下联中，"树""果""萧"皆草木类；"已""然""何"皆虚字；"半""一""三"皆数字；"纵""点""策"皆转义为动词；"休""不""定"皆虚字；"休""相""安"皆虚字；"斧""干""刘"则为古代兵器。尤其是张之洞的对句，以口语对诗句，更显出乎意料之趣味。

"无情对"的基本规则是：上下联逐字逐词对仗工整，但内容毫不相关（或有似是而非的联系），上下联联意对比能造成意想不到趣味性。如：同观日月；异想天开。因春倦鸟独啼处；宁夏回族自治区。珍妃苹果脸；瑞士葡萄牙。等等，可见，"无情对"几乎完全在内容相关的范围之外，因其诙谐有趣，且自古有之，早为大众喜闻乐见，姑且纳入"特例"。

（2）分咏格诗钟。分咏格诗钟的基本规则是：上下联分别咏出不相干的两个事物；逐字逐词对仗工整；通过联意从某一点上把两件事物关连起来。如下例：

杨贵妃·近视眼：面前但觉乾坤小；掌上犹嫌体态肥。

感冒·排队：但有后先无少长；最难调理是炎凉。

（3）同义相对。又称"合掌"。所谓忌同义相对，指上下联相对的语句，其意思应尽量避免雷同，如"旭日"对"朝阳"、"史册"对"汗青"、"神州千古秀"对"赤县万年春"、"生意兴隆通四海"对"财源茂盛达三江"等，就属合掌。当然，个别非中心词语的合掌，或者合掌部分在联中比重很小，无伤大雅。某些情况下，使用含义相近的语句相对，也未尝不可。如：心色皆空成正道；根尘俱彻证圆通。此联上下联联义颇为接近，但终究不是同义。

词性相当

词性相当指上下联同一位置的词或词组应具有相同或相近词性。其规则有：

一是"实对实，虚对虚"规则。"实"为实词，"虚"为虚词。这是一个最为基本，含义也最宽泛的规

135

莫忧世事兼身事

间言何处芙蓉多

则。某些情况下只需遵循这一点即可。

二是词类对应规则。大多数情况下应遵循此规则。

三是义类对应规则。义类对应，指将汉字中所表达的同一类型的事物放在一起对仗。古人很早就注意到这一修辞方法。

四是邻类对应规则。邻类对应，指门类相临近的字词可以互相通对。

下面为了便于学习运用对联的格律创作中的词性相当，我们把义类对应的20种词类列举如下（即将名词部分分为许多小类）如：天文（日月风雨等）、时令（年节朝夕等）、地理（山风江河等）、宫室（楼台门户等）、草木（草木桃李等）、飞禽（鸡鸟凤鹤等）、走兽（狼虎象马等）、鱼虫（蛇鱼蚁蝗等）、饮食（茶酒莱肴等）、器物（盆杯壶盏等）、文具（笔墨纸砚等）、衣饰（衣冠巾带等）、形体（身心手足等）、人事（道德才情等）、人伦（父子兄弟等）、珍宝（金银玉珠等）、军事（弓箭刀剑等）、文艺（诗词书画等）、文史（经典史册等）、精神（智愚苦乐等）。

最后将词性相当里的邻类对应规则中的22组"邻类对应"列举出来，以供参考。如：天文与时令；天文与地理；地理与宫室；宫室与器物；器物与文具；器物与

衣饰；衣饰与饮食；文具与文学；植物与动物；形体与人事；人伦与代名；疑问代词与副词；方位与数目；数目与颜色；人名与地名；同义与反义；同义与连绵；反义与连绵；副词与介词；连词与助词；介词与助词；叹词与助词。

结构相称

▲ ▲ ▲

所谓结构相称，是指上下联语句的语法结构（或者说其词组和句式之结构）应当尽可能相同，也就是说是"主谓结构对主谓结构、动宾结构对动宾结构、偏正结构对偏正结构、并列结构对并列结构"，等等。如：一心常忍辱；万事且随缘。此联上下联皆为主谓宾结构。其中，"一心"对"万事"皆为偏正结构，"忍辱"对"随缘"皆为动宾结构。又如：软首妙光，威名显赫；雄狮利剑，宝相庄严。"软首妙光"对"雄狮利剑"皆为并列结构；"威名显赫"对"宝相庄严"皆为主谓结构；"软首"对"雄狮"、"妙光"对"利剑"、"威名"对"宝相"，皆为偏正结构；"显赫"对"庄严"皆为并列结构。

但在词性相当的情况下，有些较为近似或较为特殊的句式结构，其要求可以适当放宽。例如，"还我河

137

正值万株红叶满

文字的博弈

对 联

138

须知节候即风寒

"山"对"逐胡韬略"，前者为动宾结构（双宾语），后者为偏正结构，作为结构上的宽对，未尝不可。总之，上下联的用词造句，在词性和结构这两个语法要求上，应尽量相当或相称（也就是保持对仗），以使上下联在形式上显得协调与工整。但这些要求在实践中根据联意需要适当放宽，有时还可以有所变通（如义对、借对等）。

值得注意的是，词性及结构规则中有一种特例——当句对。"当句对"也称"句中自对"，因和以上规则似有冲突，故可作为对联格律的特例。这是初为联者也应该知晓的规则。下面我们举例说明，如：喜茫茫空阔无边；叹滚滚英雄谁在。这里，"英雄"与"空阔"一是名词，一是形容词，前者"实"，后者"虚"，论词性有如南辕北辙。须知这是句中自对的最小单位——联绵词自对，即"空"对"阔"，"英"对"雄"。上联"空阔"与下联"英雄"形成联绵词对应，属于对联格律。

"当句对"除联绵词外，还有词组当句对及各分句之间的当句对。如一副著名的讽骂袁世凯的挽联：总统府，新华宫，生于是，死于是；拥戴书，劝进表，民意耶？帝意耶？上联的"总统府"与"新华宫"成对，

"生于是"与"死于是"成对；下联的"拥戴书"与"劝进表"成对，"民意耶"与"帝意耶"成对，而不是用"总统府"来对"拥戴书"。

另外一则挽梁启超的联：世事亦何常，成固欣然，败亦可喜；文章久零落，人皆欲杀，我独怜才。联中"成固欣然"与"败亦可喜"成对，"人皆欲杀"与"我独怜才"成对。如果严格讲究词性，"成固欣然"与"败亦可喜"，"人皆欲杀"与"我独怜才"也不能算是对得工整，但因句子的架构相同，在对联艺术中称为"宽对"，这个对称也是可以成立的。

与此同时，在创作对联时还需要避免出现诸如"同位重字"和"异位重字"。对联中允许出现叠字或重字，叠字与重字是对联中常用的修辞手法，只是在重叠时要注意上下联相一致。如"世事纷纷"对"红尘滚滚"，其中，"纷纷"对"滚滚"，就是叠字相对。但对联中应尽量避免"同位重字"和"异位重字"。

所谓同位重字，就是以同一个字在上下联同一个位置相对，如"法界"对"世界"、"成道"对"成魔"。不过，有些虚词的同位重字是允许的，如：漏网之鱼，世间时有；脱天之鸟，宇内尚无。以及诸佛洞观实相而无住；众生游戏虚空而不知。若将下联的"不"

自笑平生夸胆气

140

商怀犹有古人知

改为"无"，就与上联的"无"同位重字，即属犯忌。

所谓异位重字，就是同一个字出现在上下联不同的位置。如：业流不住勿贪境；命运相同莫恨人。若将下联的"莫"改为"不"，就与上联的"勿"异位重字，即属犯忌。

不过，有一种比较特殊的"异位互重"格式是允许的（换位格），如：本无月缺月圆，它随顺你；虽有花开花落，你任由它。联中的"它"对"你"，就是异位互重。又如：万法一心，空不异色；一心万法，色即是空。联中的"一"与"万"、"心"与"法"、"空"与"色"，便是异位互重。又如：一人千古；千古一人。门生天子；天子门生。联中的四个字都是"异位互重"。

平仄相谐

节奏相应，平仄相谐。节奏相应和平仄相谐，密不可分，以下主要从平仄相谐规则的角度进行说明。平仄相谐规则中即包含了节奏相应的概念。在现代对联写作中，常以普通话四声（阴、阳、上、去）为平仄归类标准。但是，前人作品中某些字古韵、今韵读音差异较大，为充分体会其意境和韵味，应该掌握古四声（平、

上、去、入）。需要注意的是：允许用古四声创作对联，但应加以注明；如果出句注明"使用古韵"，对句也应遵循古韵，不应在一副对联中古今声韵混用。普通话平仄归类，简言之就是——阴、阳为平，上、去为仄。而古四声的上、去、入为仄。

相谐即相互谐调，和谐一致，配合得当。平仄相谐规则包括三个方面：

（1）上下联平仄相反的规则。历史上曾有要求字字相反的严格规则，其规定有：上下联尾字（联脚）平仄应相反，并且上联为仄，下联为平；词组末字或者节奏点上的字应平仄相反。例如常见的格言联：书山有路勤为径（平平仄仄平平仄）；学海无涯苦作舟（仄仄平平仄仄平）；长联中上下联每个分句的尾字（句脚）应平仄相反。

（2）句内平仄交替的规则。其规定有："马蹄韵"规则，简单说就是"平平仄仄平平仄仄"这样一直下去，犹如马蹄的节奏（两平两仄交替）。例如：书山有路勤为径（平平仄仄平平仄）；学海无涯苦作舟（仄仄平平仄仄平）；"一三五不论，二四六分明"规则，意即"第1、3、5位置上的字可平可仄，第2、4、6位置上的字当平则平，当仄则仄"；"词组或节奏点平仄

立脚怕从风俗转

文字的博弈

对联

交替"规则，此规则容易掌握，且较为科学。例如：书山有路勤为径（"山、路、勤、径"交替）；学海无涯苦作舟（"海、涯、苦、舟"交替）。四面花果然好样（"花、样"交替）；一肚草格外大声（"草、声"交替）。与有肝胆人共事（"与、人、事"交替）；从无字句处读书（"从、处、书"交替）。

也就是说，从"句内平仄交替"的规则来看，汉语中双音节词占大部分，故大多数对联的节奏点是符合马蹄韵的。"一三五不论，二四六分明"规则正是注重了节奏点上 的平仄搭配。"马蹄韵"规则和"一三五不论，二四六分明"规则均无法处理三个字 的固定词组、四个字的成语以及其他不宜拆分的词组入联后的平仄问题。

另外，"马蹄韵"规则和"一三五不论，二四六分明"规则都有死板的一面；"节奏点规则"也必须灵活运用。真正需要掌握的是原理，而不是规则本身。

什么是平仄交替的原理？即要让一幅对联读起来琅琅上口，抑扬顿挫，应使词组末字（或节奏点字眼）平仄有所交替。"有所交替"就是活用规则，意即"允许部分不作交替"。试读下例，并结合上述3种规则以加体会：

142

芳草当人意自闲

学海无涯苦为径，

书山有路勤作舟。

"学"字按入声来读，普通话可试读作去声。再看下例：

学海有路勤为径，

书山无涯苦作舟。

如此平仄搭配并没有失去整副对联的音韵美。其中"学"字可照普通话读为阳平，再尝试将其读作普通话去声（即按古韵处理），整体音韵更具铿锵有力，抑扬顿挫的美感。

（3）长联句脚规则。即在参考"马蹄韵"规则的基础上，可将每个分句尾字（句脚）当作节奏点，灵活处理平仄交替。这就是长联句脚规则。

当然，"平仄相谐"规则也有例外。主要有以下两种情况：

一是特殊联格中允许例外，例如叠字、复字、回文、谐趣、音韵等等，视具体情况而定。例如：风声雨声读书声声声入耳；国事家事天下事事事关心。

二是因联意需要时可以例外。例如：酒胆海样大；诗才天比高。上联五字连仄而具矫健之美，下联四平一仄而有清朗之风。

143

林花经雨香犹在

144

处处无家处处家

　　另外，中国对联学会会长马萧萧先生题杨妃墓的一联：花开三章清平调；叶落一曲长恨歌。上联前五字皆为高调（阴平），第六字为升调（阳平），末字为降调（去声），整句先直后曲，于后半句形成升降摇曳之变化，颇富韵味；下联前二字为降调，第三字"一"字变读后仍为降调，第四字顺势变为低调字，第五字急转为升，接下去又转而先降后高，音调变化更见灵动；且上下联之全句调势一降一升，又构成明显对比，因此整副联语具备了音乐美。

中国对联的两条联律

对联格律最重要的，为两条联律，分别是句中平仄和句脚平仄。

句中平仄，指一个联句中每个字的平仄安排规则，其格律公式是：一言句：仄；二言句：仄仄；三言句：平平仄，平仄仄；四言句：平平仄仄；五言句：仄仄平平仄，平平平仄仄；六言句：仄仄平平仄仄；七言句：平平仄仄平平仄，仄仄平平平仄仄。一般来说，"句中平仄"中的一至七言，最为常用，八言以上，视节奏而定。

句脚平仄，指对联一边若干句每句最后一个字的平仄安排规则，其格律公式是：每边一句：仄；二句：平，仄；三句：平，平，仄；四句：仄，平，平，仄；五句：仄，仄，平，平，仄；六句：平，仄，仄，平，平，仄；七句：平，平，仄，仄，平，平，仄；八句：仄，平，平，仄，仄，平，平，仄。

下面我们举例来加以说明。如：绿水本无忧，因

年年难过年年过

文字的博弈

对 联

风皱面。上联句中平仄，为仄仄仄平平，平平仄仄。句脚合每边二句规则，分别是，忧（平）、面（仄）。而其下联相反，如：青山原不老，为雪白头。下联句中平仄，为平平平仄仄，仄仄仄平。句脚，老（仄）、头（平）。平仄几乎相反相对，意境也是。

另外，句中平仄，还可以用相反的，比如说分别是（四，五，六）的句子，句脚公式是：平，平，仄，这时就可以组合仄仄平平，平平仄仄平，仄仄平平仄仄。这些都符合联律要求。

对联的基本句式中，四言和六言来自骈文，五言和七言来自律诗。骈文多采用四言和六言，故宋人称为"四六"，但其中也杂用五言或七言。同样是五言或七言，骈文的节奏与律诗不同。例如，王勃《滕王阁序》名句：落霞与孤鹜齐飞，秋水共长天一色。即是仄平仄平仄平平，平仄仄平平仄仄。是七言联，相当于骈文的六言句式"平平仄仄平平，仄仄平平仄仄"加了一字，"与"和"共"相当于虚字，因此不应该用七言律诗句式"平平仄仄仄平平，仄仄平平平仄仄"来衡量。

又如最古的春联：新年纳余庆；佳节号长春。上联的平仄格律是：平平仄平仄。在律诗中，这种特定的平仄格式，习惯上常用在第七句，因此不是对联句

碧树初鸣出谷莺

146

式。实际上，孟昶的这副对联用的是骈文句式，其节奏是：平平仄平仄，平仄仄平平。也就是说相当于四言句式：平平仄仄，仄仄平平。这副对联只不过加了一字，"纳"和"号"相当于虚字。说明该联是从四言句式变化而来的，作为骈文句式，对仗工丽。如果不了解早期对联的这种情况，用五言律诗句式"平平平仄仄，仄仄仄平平"来衡量，认为"余"字违律，显然是极大的误解。

在中国清代对联专著《对联丛话》中有些联语，其句式明显来源于四六。例如：学成君子，如麟凤之为祥，而龙虎之为变；德在生民，如雨露之为泽，而雷霆之为威。其中允许相同虚字相对。这是对联移植骈文句式的明证。不过，如今相同虚字相对现象已被淘汰。

唐代律诗的声律和对仗已达到尽善尽美的程度。因此，五言联和七言联普遍采用律诗句式而不用骈文句式。在长联中，五言、七言骈文句式并未完全消失，但正在被律诗句式取代，或改用一字领或三字领加四言句式。一般来说，五言律诗句式有A型、B型，七言律诗句式同样也有A型、B型。其中，五言律诗的A型句式是"仄仄平平仄，平平仄仄平"；B型句式是"平平平仄仄，仄仄仄平平"。而七言律诗的A型句式是"平平仄

147

翠梧久待朝阳凤

文字的博弈

对联

仄平平仄，仄仄平平仄仄平"；B型句式是"仄仄平平平仄仄，平平仄仄仄平平"。

当然，在进行对联创作的实际过程中，把五言律诗句式A型、B型，以及七言律诗句式同样A型、B型，统统拿来做对联是不合时宜的。在律诗中不可或缺的这两种句型，在长联结构中只需要一种，而且只有B型才有资格作为对联句式。这是因为：

一是A型同B型有质的区别。在对联句式体系中，既然四言和六言只有A型"平平仄仄，仄仄平平"和"仄仄平平仄仄，平平仄仄平平"，那么，五言和七言理应采用B型为佳。这样可以避免单调，增加变化。

二是B型句式的平仄变换比A型简单。如果把句式中平变仄或仄变平的次数称为变换数，那么，五言B型"平平平仄仄，仄仄仄平平"与四言"平平仄仄，仄仄平平"的变换数相同（都是仄），而五言A型"仄仄平平仄，平平仄仄平"的变换数是2；七言B型"仄仄平平平仄仄，平平仄仄仄平平"与六言"仄仄平平仄仄，平平仄仄平平"的变换数相同（都是2），而七言A型"平平仄仄平平仄，仄仄平平仄仄平"的变换数是3。因此，在不同句式组合时，可以把五言B型视为四言，把七言B型视为六言，而A型则无此特性。最后是B型句式

148

藕断露丝飞

在结构上接近骈文句式，易于互相转化。因此，五言和七言采用B型，可以将律诗句式和骈文句式统一起来，形成对联句式。

近代联家偏爱用五言、七言B型撰联，极大地促进了对联句式的优化和简化，从而形成了完整的对联句式体系结构。即：一言（仄/平）；二言（仄仄/平平）；三言A型（平平仄/仄仄平）；三言B型（平仄仄/仄平平）；四言（平平仄仄/仄仄平平）；五言（平平平仄仄/仄仄仄平平）；六言（仄仄平平仄仄/平平仄仄平平）；七言（仄仄平平平仄仄/平平仄仄仄平平）。五言、七言A型句式在本质上是律诗句式，而不是对联句式。同样，五言、七言骈文句式也不能当成对联句式。

明确对联句式同骈文、律诗句式的联系和区别，是选择对联最佳结构的基础。余下的问题是：对联的句式组合有没有最佳结构？长联结构无非是不同句式（包括领、衬字）的组合，或同一句式的重复，或以上两者的组合。但是，这种组合不是随意的。关键在句脚的平仄安排。对联句式来源于诗词曲赋骈文，而句脚安排主要借鉴于骈文。因为诗词曲赋的句脚都要受用韵的限制，惟独骈文讲求对仗和平仄，不需押韵，与对联非常接近。例如，纪晓岚《绛云别志序》开头一段是：

文字的博弈

对　联

150

凤吹荷叶像乌龟

　　生生世界，转若飚轮；种种因缘，幻如泡影。莺飞草长，人间多早谢之花；桂老蝉寒，天上无常圆之月。伤心黄土，几玉碎而珠沉；埋骨青山，终金销而石泐。去来一瞬，瞿昙借譬于芭蕉；梦觉两忘，庄叟委心于蝴蝶。良有以也；岂不然乎。

　　这18句分为5组，每组4句或2句，其平仄序列结构是：平平仄仄，仄仄平平；仄仄平平，平平仄仄。平平仄仄，平平平仄仄平平；仄仄平平，仄仄平平平仄仄。平平仄仄，平平仄仄平平平；仄仄平平，平平平仄仄仄。平平仄仄，平平仄仄平平平；仄仄平平，仄仄平平平仄仄。平平仄仄；仄仄平平。

　　如果把虚字去掉，就成为：平平仄仄，仄仄平平；仄仄平平，平平仄仄。平平仄仄，平平仄仄平平；仄仄平平。仄仄平平仄仄。平平仄仄，仄仄平平；仄仄平平，平平仄仄。平平仄仄，平平仄仄平平；仄仄平平，仄仄平平仄仄。平平仄仄；仄仄平平。这种以四言为基础，成组互相对仗形成的句脚安排，正是对联所需要的。四言基本组合模式是最佳对联结构，任何对联句式组合都可以由此生成。

　　就句脚安排而言，可以把每边一句的对联，例如七言联：欲把西湖比西子；从来佳茗似佳人。此联的结构是"仄仄平平平仄仄，平平仄仄仄平平"，可看作为"平平仄仄，仄仄平平"，即四言模式末句。

把每边两句的对联，例如九言联：复旦引星辰，珠联璧合；顺时调吕律，玉节金和。其结构为"仄仄仄平平，平平仄仄；平平平仄仄，仄仄平平"，可看作为"仄仄平平，平平仄仄；平平仄仄，仄仄平平"，即四言模式的末两句。

把每边三句的对联，例如十七言联：秋色满东南，自赤壁以来，与客泛舟无此乐；大江流日夜，问青莲而后，举杯邀月更何人。其结构为"仄仄仄平平，仄仄仄平平，仄仄平平平仄仄；平平平仄仄，平平平仄仄，平平仄仄仄平平"，可看作"仄仄平平，仄仄平平，平平仄仄；平平仄仄，平平仄仄，仄仄平平"，即四言模式的末三句。

把每边四句的对联，例如十九言联：饮建业水，食武昌鱼，千里驰驱，到处聚观香案吏；对紫薇花，撒金莲炬，九霄瞻仰，何年却向帝城飞。其结构为"平平仄仄，仄仄平平，仄仄平平，仄仄平平平仄仄；仄仄平平，平平仄仄，平平仄仄，平平仄仄仄平平"，可以看作"平平仄仄，仄仄平平，仄仄平平，平平仄仄；仄仄平平，平平仄仄，平平仄仄，仄仄平平"，即四言模式

雨洒灰堆成麻子

文字的博弈
对联

152

本身。

　　总之，每边四句以上的对联，句脚的平仄安排是否按四言模式循环反复，要视情况而定。因为骈文句式简单，对联句式复杂；骈文无句式重复，对联有句式重复；骈文对仗限于四句之内，对联同边自对形式花样繁多。对联同骈文的这些区别，要求在句脚安排上比骈文有较大的灵活性。

中国对联格律的禁忌

153

　　综观对联的基本格律，由于现代文学的主流是散文体，中国对联格律的总趋势也是进一步向散文化发展。因此，对联的基本格律有着向"宽松、灵活、变通"的风格发展的必要，特别是在其平仄方面。但不管怎样，语言之声调是一个必然存在的客观现象，因此对联的平仄要求，尽管可以宽松些，却没有必要也不可能人为地加以取消。同时，由于对联的平仄要求，是在继承传统诗律的基础上发展变通而来，对此，对联界目前的看法还不尽一致，就更有必要进行适当的探讨和界定。为了进一步的说明中国对联艺术在格律上的一些特点，下面我们来谈一谈有关"对联格律的禁忌"的话题。中国对联格律的禁忌主要有忌同声落脚、忌同声收尾、忌三平尾或三仄尾、忌孤平或孤仄、忌同位重字和异位重字，以及忌同义相对。

饥鸡盗稻童桐打

文字的博弈

对 联

154

何水能如河水清

忌同声落脚

▲ ▲ ▲ ▲

这是就上联或下联各分句句脚之间的关系而言的。由多个分句组成的对联，各分句句脚的平仄安排，严格说，可以马蹄韵为规则。其平仄格式为：平仄仄平平仄（仄平……），或仄平平仄仄平（平仄……）。但是从对联的现状和发展趋势出发，考虑到对联"联无定句，句无定字"的特点，以及对联句式的复杂性等因素，其句脚平仄安排的格律要求亦可以"忌同声落脚"为规则。

准确一点说，此规则有两点要求：

一是每边二至三个分句者，要求各分句不能全是同声落脚。

二是每边四个以上分句者，要求各分句不能连续三句（上下联起句及中间分语段时可以例外）或三句以上同声落脚。

这种规则理论上简洁明了，运用上灵活多变，既体现了原则性和理论性相结合，又能包容在句脚平仄问题上的不同意见。

以每边五分句长联之上联为例，按"马蹄韵"的规则，只有仄仄平平仄、仄平平平仄（中间分语段时）

两种正格，另有仄平平仄仄一种变格，共三种格式。按"忌同声落脚"的规则，那么，仄仄平平仄、仄平平平仄（中间分语段时）、仄平平仄仄、仄仄平仄仄、仄平仄平仄、仄仄仄平仄、平平平仄仄、平平仄平仄、平仄仄平仄、平仄平平仄、平仄平仄仄等十一种格式皆为合格，且无须分正格与变格。

忌同声收尾

▲▲▲

这是就上联联脚与下联联脚之间的关系而言。准确一点说，此规则也有两点要求：一是一副对联不管长短如何、分句多少，都要求上联仄声收尾，即上联最后一字应是仄声；下联则要求平声收尾。一般不能上联平声收尾，下联仄声收尾。二是上下联不能同声收尾，即上下联最后一字不能同是仄声或同是平声。

忌三平尾或三仄尾

▲▲▲

这指的是在一个句子的最末三个字，应尽可能避免都是平声或都是仄声。如"缘深因厚坐莲台"，若将"坐"改为"登"，就成了三平尾。又如"依法修行能入道"，若将"能"改为"可"就成了三仄尾。三平尾或三仄尾，在平仄单调上并无二致，为体现理论上的一

致性，应将二者都作为禁忌，不能只忌三平尾而不忌三仄尾。

面上荷花和尚面

忌孤平或孤仄

这指的是在五言或六言的句子中，应尽可能避免全句只有一个平声字，或只有一个仄声字。如"万事皆如意"，若改为"万事俱如意"，即是孤平；又如"菩提当下现成"，若改为"菩提当下圆成"，即是孤仄。古今诗联作者，不管对于孤平，还是对于孤仄，实际上，都是能避免就避免。将二者同时作为禁忌，不仅体现理论上的一致性，也是源于现实情况的。不过，孤平或孤仄的现象，实际上只存在于五言和六言句中，因为在七言以上的句子中，如果遵守了平仄交替的基本要求，是不会出现孤平或孤仄的。

忌同位重字和异位重字

对联中允许出现叠字或重字，这是对联中常用的修辞手法，只是在重叠时要注意上下联保持一致。如"世事纷纷"对"红尘滚滚"，其中，"纷纷"对"滚滚"，就是叠字相对；又如"修道是修心，心空即是涅槃岸；见因如见果，果苦莫如地狱人"。其中，"修"

对"见"、"是"对"如"、"心"对"果"，就是重字相对。

但是，对联中应尽量避免同位重字和异位重字。同位重字，就是同一字出现在上下联同一位置，如"法界"对"世界"、"成道"对"成魔"。但有些虚词（如之、乎、也、者、而、矣、哉等）的同位重字是允许的，如"网之鱼，世间时有；脱天之鸟，宇内尚无"。

异位重字，就是同一字出现在上下联不同位置。如"业流不住勿贪境；命运相同莫恨人"。若将下联的"莫"改为"不"，就与上联的"勿"字异位重字。

同位重字和异位重字是对联之忌。不过，有一种特殊的异位互重格式是允许的，如"本无月缺月圆，它随顺你；虽有花开花落，你任由它"。联中的"它"对"你"，就是异位互重。

忌同义相对

同义相对，又称为合掌。所谓忌同义相对，指上下联相对的语句，其意思应尽量避免雷同。如"旭日"对"朝阳"、"史册"对"汗青"、"神州千古秀"对"赤县万年春"等，就属合掌。当然，出现个别非中心

157

书临汉帖瀚林书

文字的博弈

对 联

词语（尤其是虚词）的合掌，或者合掌部分在联中比重很小，无伤大雅。一些含义相近的语句相对，也未尝不可。

158

长长长长长长长消

中国对联的常用句法

159

朝

朝

朝

朝

朝

汐

对联的最佳结构是在发展中逐步形成的。由于历代（包括当代）联家的不断努力，对联不仅有了比骈文和律诗更加完美多样的句式体系，而且有了更加灵活多变的声律结构。对联是诗词曲赋骈文的精华，这绝非虚语。对联除了要做到对仗和谐，平仄合理，节奏有致，词性相近，还要注意对联的句法问题。句法问题，实质就是语法的逻辑问题。句法不通，即使联句意义再好，也难为佳句，这是创作对联时不可忽视的一个问题。常见的对联（短联）句法，大致有以下几种类型：

并列关系

▲　▲　▲　▲

这种句法的特点足：上卜联在形式上平行并列，语气一致，上下联分别从两个不同的角度说明同一个事物，以表示同一主题的称为并列关系，这种形式的联语常在句中用"也"、"又"、"既……又"等，也可以不用关联，不用关联词，称意合法。比如成都武侯祠

160

厅来无用扇车扇

联：两表酬三顾；一对足千秋。作者抓住最能表现诸葛亮形象的两个方面，"两表"即《前、后出师表》，"一对"即《隆中对》，对诸葛亮进行了歌颂。表现了他超人的才智和非凡的功绩。联语语言精炼，条理清楚，出语惊人。此类对联，浓笔重彩，形象鲜明，但如果处理不当，就会有单调和重复累赘之弊。

连贯关系

这种句法的特点是：上下联按时间顺序叙述连续的事件，或者按意义上的承接关系构成，称连贯关系，关联词多用"已……又……"、"才……又……"等。例如：台湾省已归日本；颐和园又搭天棚。甲午战争以后，清政府被逼将台、澎列岛割让日本，其后有些人主张办海军以图强，可慈禧却把海军的公款拿去建供她个人享乐用的颐和园，国人无不气愤，有人写出上联予以讽刺。

递进关系

这种句法的特点是：对句和出句的关系从小而大，由浅入深，由表及里，这种关系被称为递进关系。常用的关联词有"况"、"更"、"不但……而且"等。如一理发店联：不教白发催人老；更喜春风吹面生。在叙事层次上，下联比上联更深一层，下联化用白居《草》中诗歌句"春风吹又生"，寓意尤浓，此为联句的高妙之处。

161

有的联省去表示递进关系的关联词，而并不减其递进的意思。如一旅社联：进门都是客；到此即为家。联话未用关联词，但仍是表示一种递进关系，因而放入此类。

假设关系

这种句法的特点是：出句提出假设，对句作出结论，这种句法关系称假设关系，常用的关联词有"若"、"如"、"便"、"如果……就"、"要是……就"等等。如若能杯水如名淡；应信村茶比酒香。上联出句提出假设，对句推出结果，意思是说如果能将名利视为杯水一样清淡，你会觉得农家的清茶胜过酒的香醇。

条件关系

这种句法的特点是：即出句提出条件，对句得出结果，这种句法关系就是条件关系。例如：多勤寡欲；益

泛热不须汤盏汤

文字的博弈

对联

炮镇海城楼

寿延年。天地入胸臆；文章生风雷。略翻书数则；便不愧三餐。"多勤寡欲"是条件，"益寿延年"是结果，只有条件具备才能达成结果。以上三联均属此类。

转折关系

这种句法的特点是：出句推出条件，对句却从相反的方向去叙说，称转折关系。这种句法在对联中很常见。常用关联词"但"、"却"、"然"等，但也有不用者。如一理发店联：虽为毫末技艺；却是顶上功夫。上联"毫末技艺"在于抑，下联"顶上功夫"，意在扬。

再如：文章真处性情见；谈笑深时风雨来。此联虽未用关联词，不难看出仍为转折关系。两种境界有弥缕之感，但其转折处却是峰回路转，柳暗花明。关联词的取舍，全在于作者对内容的处理以及作者的文辞好恶，此无定法。

选择关系

这种句法的特点是：上下句分别说两件事，表示二者择一，称为选择关系或称取舍关系。常用"宁……不……"、"与其……不如……"、"但"、"不"

等，如：宁为玉碎；不为瓦全。联句以"宁……不……"关联直抒胸臆，表现出刚正不阿，一身正气的英雄气概。再如一婚联：但求天长地久；何必朝相暮依。可以看出，这是一对身居两地的新婚夫妇，为表达爱情的真挚而撰写的对联。

163

因果关系

▲ ▲ ▲

这种句法的特点是：出句和对句分别推出原因和结果的关系。一般来说，其出句讲原因、理由，对句讲结果、或做出结论，但也有倒装的。例如一棉花店联：聚来千亩雪；化作万家春。前一句是因，是说棉花大丰收的景象，后一句是果，是说大家有了棉衣，再不觉得冬天的严寒。再如雁门关联：莫愁前路无知己；西出阳关多故人。此为因果倒装句式，出句是结论，对句是理由，倒装句式，可增添对联的文学色彩。

烟锁池塘柳

目的关系

▲ ▲ ▲

这种句法的特点是：出句和对句是表示目的和行动的关系。或者出句是目的，对句是行动或措施，但也有互为倒装的。比如：巧理千家事；增添万户心。出句说的是要做的事，即行动；对句说的是目的。再看一联：

文字的博弈

对 联

忍令上国衣冠沦于夷狄；相率中原豪杰还我河山。此联为石达开所作。出句是说再不能忍受"夷狄"（清统治者）对我们的压迫，意在行动起来；下联说的是要达到的目的，此联即为倒装式。

泪滴湘江流满海

中国对联的结构技巧

165

　　作品的组织和构造，作品的各个部分的联系和安排，这就是结构问题。结构特点是显露在外的，所以它是作品的形成因素，但它又是由作品的思想内容决定的，不按照一定的主题要求形成的结构是没有的。另外，结构对于体裁有依从性，所以小说、戏剧、诗歌等作品，都有别于其他自身的体裁形成的特点。对联的结构同样如此。也就是说，对联的结构具有如下的文学共通性的特征：一是对联结构的编排与形成，离不开整个对联的主题思想，结构要利于更好地表达作者的观点。二是对联的结构因对联的种类不同而有着多样化的结构形式，诸如回文联、谐音联、双关联、倒顺联、针顶联等等，其结构均有着各自的规则。

　　对联的结构，即联句的搭配和排列，也就是上下联的文法结构必须相互照应，相互对称，即主谓结构对主谓结构，动宾结构对动宾结构，偏正结构对偏正结构等等。联句结构之优劣，决定对联的成败，所以完整地组

嗟叹嚎啕哽咽喉

文字的博弈

对联

进军连还运道通

织联句，有利于突出主题，使对联富有艺术感染力，是撰写对联首先要考虑的问题。

在对联创作中，句法的结构，一致是常例，不一致是变例。不管一致不一致，上下联必须相等。这是对联结构的前提。在字数相等的基础上，出句和对句各意义单位的语法结构必须相似，方成佳构。再如杭州云栖寺联：水——向石边——流出——冷；风——从花里——过来——香。该联的意义单位为"一三三一"。其中，"水"与"风"，"冷"与"香"分别为名词、形容词相对；"向石边"与"从花里"是介宾结构相对；"流出"、"过来"都是动词、趋向动词，结构也相似。

在对联创作中，句法的形成还离不开合适的语法结构。一般来说，在实际的对联创作中，是内容决定形式的。对联结构相对，形成整齐和谐的形式美，不过，由于内容的需要，有时也可灵活一些。如：世间有佛宗斯佛；天下无桥长此桥。此联为二、二、三结构，意义单位也是二、二、三形式，但"宗斯佛"是动宾结构，"长此桥"却是"长于此桥"的省略，是动补结构，在无伤大雅的情况下，结构偶尔不相似也是允许的。此联节奏单位和意义一致。

总之，作为一种独特的语言文字艺术，对联的艺术美感不仅有用字用词、节奏韵律、形式句法，而且还包括字里行间的涵义、用典，以及对联的上下各联的结构。这些综合而成，即塑造出对联的特殊美学境界。对联的结构问题，比较较少的引起创作者的注意。实际上，对联的结构是构成对联艺术美感所不可缺少的一环，正如清代历史学家赵翼谈论绝句诗歌时所说的"也须结构匠心裁"，对联的结构问题，不仅比绝句更复杂，而且艺术感更强。

对联的基本要求

1.对衬

对称是对联结构最基本的要求。上下两联，要求具有严整的对称美，像飞机的两翼、车的两轮一样。如果上下联光是字数相等而句子结构不一致，那就不能做到严格的对称美。例如如下的对联：幼诵孔孟之言，长学声光化电忧国忧家，斯人斯疾，奈何长才未展，死难瞑目；良人亦即良师，十年互勉互励霣碎春江，白身莫赎，从今誓守遗言，管教双雏。

此联感情深挚，也有精美的词语，但从结构形成来说，却远未达到严整对称美的要求。上联首句是动宾结构，下联首句是主谓结构，"幼诵"对"良人"，"孔

168

地 福 爻 出 贤

孟之言"对"亦即良师"等都没有对好。总之，我们的汉语言文字，一个词可以是一个字，也可以是几个字，因此在考虑字数相等时，也要考虑词组相同，只有上下联词组相同，即做到了句子结构相同，然后全联的结构才能具有严整的对称美。

2.关联

这是对联结构的第二个要求。例如：水上公园寻菡萏（仄仄平平平仄仄）；村中老媪嗜评书（平平仄仄仄平平）。此对联的词性、平仄都合乎要求，它能否算是一幅对联呢？不能。因为它存在着一个致命的缺陷，上下句的内容毫无瓜葛，没有一点联系。因为一幅对联除了要字数相等、词性相对、平仄和谐以外，上下句还须是紧密联系在一起的有机整体。

再如"图书馆里查资料，动物园中看虎狼"，也是互不相干的两句话，根本不能算是一副对联。以上说的是对联结构的一般要求，即：上下联要对称、要关联，这是任何一副对联都要达到的。但是对联的内容、句法、体式既各不相同，其结构形式自然也会有多种多样的不同，这是我们要进一步探究的。

对联的基本类型

▲ ▲ ▲ ▲ ▲ ▲

从形式的角度来说，对联的结构，可以概括地分为常式结构和变式结构两种。所谓"常式"，就是经常见到的比较固定的结构，从句子长短的角度来说，像五言、七言，还有四言、六言、八言联，就是作者经常、大量采用的结构形式；五、七言联，就是常见的五言律、七言律句型的对联，四言、六言联，即常见的骈文中四、六句式对联。

所谓"变式"，就是句子、句法参差多变的对联的结构。长联比之短联，不仅形体增大许多倍，而且声律、格调也随之而起了变化。如各个句子的句脚就得遵循"平顶平，仄顶仄"这条规律。它们的结构，和常见的五律或七律句式的对联的结构显然大不相同。长联的结构是灵活多变的。下面我们以清代孙髯创作的《昆明大观楼联》为例来分析其结构特点。

五百里滇池，奔来眼底。披襟岸帻，喜茫茫空阔无边！看东骧神骏，西翥灵仪，北走蜿蜒，南翔缟素。高人韵士，何妨选胜登临。趁蟹屿螺洲，梳裹就风鬟雾鬓；更蘋天苇地，点缀些翠羽丹霞。莫辜负四周香稻，万顷晴沙，九夏芙蓉，三春杨柳；

169

文字的博弈

对 联

数千年往事，注到心头。把酒凌虚，叹滚滚英雄谁在？想汉习楼船，唐标铁柱，宋挥玉斧，元跨革囊。伟烈丰功，费尽移山心力。尽珠帘画栋，卷不及暮雨朝云；便断碣残碑，都付与苍烟落照。只赢得几杵疏钟，半江渔火，两行秋雁，一枕清霜。

这副驰名中外的名联，它的结构特点主要有：

一是上联写景，由"五百里滇池奔来眼底"句起，总领下文，然后历写从东西南北各方向所见的壮美和秀丽的胜景。下联抒情，由"数千年往事注到心头"句带出下文，然后分写汉唐宋元各朝的"伟烈丰功"全都烟消云散了。

二是选用排句铺叙，上联"看"是一个领尖字，下面四个四字句是结构相似的排句，尾段"莫辜负"三字后又是四个排句。下联相对部分，结构与这相同。

三是上联是从横的空间着笔，下联是从纵的时间着想。上联是动词"喜"为意脉，下联是以动词"叹"为意脉。

总体来看，全联词藻华美，描叙得富有诗情画意。"神骏"指金马山，"灵仪"指碧鸡山，"蛇蜒"形容蛇山，"缟素"形容白鹤山，"蟹屿螺洲"指滇池中的小岛屿和小沙洲。用蟹和螺来代替"小"字，既形象又

是如柳中人

有动感。"风鬟雾鬓"，喻指摇曳多姿的垂柳。下联"把酒凌虚"，是说对着天空举起酒杯。

其中，"汉习楼船"是说汉武帝因洱海昆明池阻他从滇池通往印度的去路，就"大修昆明池，治楼船"，练习水军以讨伐它。"唐标铁柱"取材于《新唐书·吐蕃列传》，该文记载道："九征（即唐九征）毁桓夷城，建铁柱于滇池以勒功"。"宋挥玉斧"则取材于《续资治通鉴·宋纪》。原文为："王全斌即平蜀，欲乘势取云南，以图献；帝（赵匡胤）鉴唐天宝之祸，起于南记，以玉斧画大渡河以西曰：'此外，非我有也'"。而"元跨革囊"则取材于《元史·宪宗本纪》，原文为："忽必烈征大理过大渡河，至金沙江，乘革囊（牛羊皮筏子）以渡"。总之，该对联不仅字数众多，而且用典较多，同时所用的字词精简、工整，韵律通畅，更主要的是其每句的结构协调、对应，由此而显露出虽然篇幅较长，但不失对联的意境、韵律之神韵，此联的结构使得主题突出鲜明。

九种变式结构

▲ ▲ ▲ ▲ ▲

（1）并列式。所谓并列式结构，即上下两联的意义没有主从之分，它们分别从不同侧面去表达同一主

火柴当柴火

题。比如："盛世尽雷锋，共秉丹心创大业；新时多伯乐，同具慧眼识人才""尊师重教，英才辈出，中华崛起；简政放权，经济繁荣，民族复兴""碧螺云雾银峰，钟山川秀气，岂止清心明目；绿雪雨花玉露，摄天地精英，更能益寿延年"。

（2）主从式。上下联意义有主从之分的，就是主从式结构。例如：不靠风帆力；全凭水火功。上联是宾，下联是主，上联是虚写，是引子，下联是实写，是正文。又如"满院向阳树，一代接班人"，上联是喻体，下联才是本体。上联是处于宾位，下联处于主体。此联也是主从式结构。

（3）分总式。有的对联，语意有分述和总述的叫分总式结构。例如：新天新地新人新事新气象；春雨春风春花春月春色美。前四点乃是分说，末尾"新气象""春色美"乃是总说。这是先分后总的例联。下面一幅是"先总后分"的例联：好社会山好水好风光好；新时期地新天新气象新。

（4）首尾总括式。此式先说总大意，次将大意分别述说，末尾总述一笔。比如：祖国在繁荣：看百花齐放，百家争鸣，百业兴旺开胜景；人民增福利：喜四海丰收，四时恒足，四海升平乐新春。上联头一句是总括，以下三句分别说三个方面，述说祖国繁荣的情况。末尾再来一笔。下联也是这种结构撰成的。

（5）对话式。上下联语，像是两个人在对话，这就是对话式结构。例如：我岂肯得新弃旧；君何妨以有易无。该对联中的"我"是店主自称，"君"则是称来店的顾客，像是对面说话似的。又如明代著名学者邱壑的联也是这一类：孰谓犬能欺得虎（家长出）；安知鱼不化为龙（邱壑答）。

（6）问答式。有的对联语意一问一答，是为问答式结构。例如李调元答友联：洞庭湖，八百里，波滔滔，浪滚滚，大人从何而来；巫山峡，十二峰，云霭霭，雾腾腾，本院自天而降。该对联中，下联针对上联所问作答，语意十分清楚。

（7）环递式。联语用环转相递之法组成，形成环环相扣，便是环递式结构。例如原《前线》刊物编辑部挽吴晗联：文章满纸，满纸丹心，丹心遭厄，奇冤绝古今；风雨同舟，同舟聆教，聆教难忘，心花慰英灵。该对联，除接句外，前三句环环相扣。又如：水车，车水，水随车，车停水止；风扇，扇风，风出扇，扇动风生。该对联是全联各句环环相扣的例联。

（8）排偶自对式。排偶为原始的对句形式，对仗

油灯少灯油

文字的博弈

对 联

要求仅为句子等长，以及相对的词语在词性上、句法结构上大体相同。这种对联的创作规则是：允许句中音步失替及两边平仄失对，又允许同字相对。比如：先武穆而神，大汉千古，大宋千古；后文宣而帝，山东一人，山西一人。再如民国初曹民甫挽宋教仁联：不可说，不可说；如其何，如其何。该对联全部以同字相对，这种对联的创作主题是常常用来表示深挚而又激动的感情。

（9）排比自对式。排比自对由排偶向参差化发展而成，可以同字相对，同声相对，但对仗之项数至少为三项，句长可相等亦可不相等。例如：涪王兄弟，蕲王夫妇，鄂王父子，聚河岳精英仅留半壁；两字君恩，四字母训，五字兵法，洒英雄涕泪莫复中原。这是杭州岳王庙对联。再看一副与此大同小异的题江阴双忠祠对联：僮可烹，妾可杀，城不可失，矢志保江淮半壁；生同岁，死同岁，神亦同祀，精忠比日月双辉。前一对联是等长排比句自对，后一对联则是不等长排比句自对。自对之相数为三，且都有同字相对。排比句之相数至少为三，故无双相自对。总之，一副对联，究竟采用何种结构形式，要根据内容的繁简和作者的文学修养，随机而定。

凤摇柳绿柳摇凤

中国对联的用字技巧

175

> 脸映桃红桃映脸

　　对联的对仗最常见的是"同类词相对"，比如"假作真时真亦假；无为有处有还无"。这是《红楼梦》中的一副对联，非常工整。同类词相对是对仗的基本原则。该联中的"真""假""有""无"，都是高度抽象的哲学名词；"作""为"是词意相近动词；"时"和"处"在语法上是副词，在字面上"时"又可理解为"时间"，"处"又可理解为"空间"；"亦""还"在字面上是词意相近的副词，在语法上可视为省略了动词"是"。另外，"真"对"假"，"有"对"无"是反对，而且都重用一次，这才是此联的精华所在。

　　在谈到对仗时，人们常常作语法分析，以便说明"词性相同"或"语法结构"相同，但是过分强调语法分析，有时也会把简单的事情复杂化，王力在谈诗词格律说："语法结构相同的句子（即同句型的句子）相为对仗，这是正格。但是我们同时应该注意到：诗词的对仗还有另一种情况，就是只要求字面相对，而不要求

176

莺宜柳絮柳宜莺

句型相同。"这对于对联的对仗也是适用的。对联是观赏性很强的艺术，所以有时只要求字面相对，即同类词相对，特别要求虚字对虚字，实字对实字。特别要指出，只要自对工整，互对不必要求词性相同。对联的对仗在某种程度上其实就是如何恰到好处地"用字""用词"。下面我们就以对联的用字用词为话题，谈一谈中国对联的二十四种用字技巧。

复 字

所谓复字，就是某一个字在对联中重复出现几次。如：风声、雨声、读书声，声声入耳；家事、国事、天下事，事事关心。

嵌 字

所谓嵌字，就是把有关的人名、物名或其他名字嵌如对联中，使对联意中有意。如著名数学家华罗庚所撰之联：三强韩赵魏；九章勾股弦。其中"三强"为战国时韩、赵、魏三个强国，又隐喻科学家钱三强的名字，而"九章"为首次记载勾股定理的名著，而又为大气物理学家赵九章的名字。

又如：季子敢言高，仕未在朝，隐未在山，与吾意见大相左；藩臣独误国，进不敢攻，退不能守，问他经济有何曾？这副对联是曾国藩与左宗堂戏做，上联含左宗堂（字季高），下联含曾国藩。又如陈铭枢书赠袁雪芬的嵌字联：雪散天女花，超离苦海；芬洒甘露水，普济众生。

177

叠 字

所谓叠字，就是将联中某些字叠起来使用，形成反复重叠的艺术效果。如：水水山山，处处明明秀秀；晴晴雨雨，时时好好奇奇。

拆 字

所谓拆字，就是将联中某一合体字拆成几个独体字。如：妙人儿倪家少女；大言者诸葛一人。踏破磊桥三快石；分开出路两重山。

合 字

所谓合字，就是把联中的某几个字合成一个字，构成字面上的对偶，同时内容也蕴含着某种含义。如：古木枯，此木成柴；女子好，少女更妙。

雪映梅花梅映雪

文字的博弈

对联

拆 拼

就是把字拆开，重新组合。例如：才门闭卡，上下网友恼版主；欠食饮泉，白水大虾爱金庸。上联中"才"和"门"字合在一起组成"闭"字，而"卡"字分开又成"上"、"下"二字，上联的另一层意思是指斑竹能力有限。下联中"欠"和"食"字合在一起组成"饮"，"泉"字分开成"白"和"水"，下联的另一层意思是指今日武坛人才凋零，大家只能翻来覆去的讨论金庸。下面的一则戒烟联也是用的这种技巧，如：因火成烟，若不撇开终是苦；欲心为慾，各宜捺住方成名。这副对联中，除"烟"和"慾"拆开外，更难的是"若""苦"，"各""名"，虽只有一撇一捺，却需要有深厚的文学功底。

顶 针

所谓顶针，就是将前一个分句的句脚字，作为后一个分句的句头字，使相邻的两分句首尾相连。如：大肚能容，容天下难容之事；开口便笑，笑世间可笑之人。又如：天心阁，阁飞鸽，鸽飞阁未飞；水陆洲，洲停舟，舟流洲不流。这副对联中的"阁"、"鸽"、

香柏古风古柏香

178

"洲"、"舟"就是顶针式的迭用。

同　旁

所谓同旁，就是将同偏旁部首的字组合成对联。如：湛江港清波滚滚；渤海湾浊浪滔滔。

混　异

所谓混异，就是把音同或音近的字用在同一联中，以达成某种意思。如：民国万税（岁）；天下太贫（平）。

同　异

又称转品或趣读，是指利用同形字组合成联，通过异读来区别，例如：长长长长长长长；行行行行行行行。这副对联据说是过去写在一个大商人家门上的，乍看不知何意，但如读作"常涨常涨常常涨；航行航行航航行"，就叫转出"货利长年有增，商行个个通达"之意。

拟　声

所谓拟声，就是通过模拟声音以取得某种艺术

179

秀山轻雨青山秀

对 联

效果。如：普天同庆，"当庆"、"当庆"、"当当庆"；举国若狂，"情狂"、"情狂"、"情情狂"。

180

天连碧树春潇雨

谐 音

利用同音字，使语带双关。例如：因荷而得藕；有杏不须梅。"荷"、"藕"、"杏"、"梅"另有谐音，第二层意思是：因何而得偶；有幸不须媒。再如：莲子心中苦；梨儿腹内酸。第二层意思是：怜子心中苦；离儿腹内酸。

切 意

就是指使内容与特定的事物或特别的规定相切合。例如：有客如擒虎；无钱请退之。这副对联是宋朝时一客人某年除夕为一姓韩的朋友所作。对联中的"擒虎"指隋朝大将韩擒虎；"退之"指唐文学家韩愈（字退之）。上下联，均切韩姓。再如：泪滴湘江流满海；嗟叹嚎啕哽咽喉。其他如"烟锁池塘柳；炮镇海塘城"，上下联都以金木水火土五行为偏旁；以及限制在一篇文章或一本碑帖中取字成联，等等，都属此类。

回　文

　　就是指对联的上下两句，首尾循环，或单联的首尾循环。例如：情亲由得意；得意由情亲。又如：画上荷花和尚画；书临汉帖翰林书。再如：中国藏宝玉，玉宝藏国中；龙潭蕴活水，水活蕴潭龙。

两　兼

　　是指让一个字既属前词，又可同后面的字直接组词连讲。例如：李东阳气暖；柳下惠风和。这副对联中，"李东阳"是人名，用他的"阳"字同后面的"气"组成"阳气"（春光），则他的上联的意思是：李树东边春光暖。"柳下惠"也是人名，用他的"惠"字同后面的"风"字组成"惠风"（和风），下联的意思就变成：柳树下面微风和。

串　组

　　就是指把一些本来没有联系的事物串起来，表示一定的意思。例如：金钱吊灯笼，老照四方八角；玉带缠如意，连升一步三台。这副对联，是由长沙古老的街道名和地名金钱街、灯笼街、老照壁、四方塘、八角亭、

181

雨涤春树碧连天

文字的博弈

对联

玉带街、如意街、连升街、一步两搭桥和凤凰台等串组而成的。

比 喻

过去曾有人写了一联讽刺古代大堂六部，如：刑户吏礼工兵，大堂六部；马牛羊鸡犬豕，小畜一家。

阙 如

就是指把个别字空起来，使主要的意思寓于联外。例如：人称新郎新娘，原本是旧相思一对；你吃喜糖喜酒，能不有__风味几番？这是一副婚联，结婚时前来喝喜酒的人，自然都会感到几番风味。但是，由于各人的情况不一样，感受可能也不一致，如果说的太具体了，反而不好。于是，干脆把联中有关的字空起来，让大家自己去体会。谁觉得是什么风味，就在空处填什么。填不上来，也说明这种风味是难以表达的。

用 典

就是指借历史典故或有出处的词语来说明问题。例如：观瞻气象耀民魂，喜今朝祠宇重开，老柏千年抬

地满红香花送风

望眼；收拾山河酬壮志，看此日神州奋起，新程万里驾长车。这是赵朴初先生为岳飞庙题的对联，用了五典。"老柏"指岳飞墓前精忠柏，传为岳飞忠魂所化。"抬望眼"、"收拾山河"、"壮志"、"驾长车"都出自岳飞的《满江红》。

《文心雕龙·丽辞》中说"言对为易，事对为难"，就是指用典。用典之所以难，是因为文意两方面都不易配合妥当。赵先生的这副对联用的自然而贴切，即使没有读过《满江红》的，也照样可以理解。当然，用典冷僻，晦涩难懂，是不宜提倡的。

反 复

就是指有层次地反复描写一事一物或强调一个论点，包括意思的反复和用字的反复。它是从不同的角度、用不同的材料反复说明观点，因而不同于一般的重复。如：蔺相如，司马相如，名相如，实不相如；魏无忌，长孙无忌，人无忌，我亦无忌。可以看出，凡是上联出现反复、叠字的地方，下联也必须在相应的地方对应，否则就要失对。

文字的博弈

对联

竖排对联文字：

雨落随花红艳艳

互 文

又称映衬，就是指联中前后两句话，只有互相渗在一起，才能正确理解，如：生为国家，死为人民，耿耿忠心昭日月；功同山岳，德同湖海，洋洋正气结丰碑。这副对联是挽周恩来总理的。上联"生为国家，死为人民"，不能机械地理解为"生就为国家，死就为人民"，而应理解为"生死都为国家为人民"，下联同样如此。互文可使语句错综而精练。

隐 喻

就是指一语双关。如苏小妹新婚之夜难夫联：闭门推出窗前月；投石冲开水底天。该联既有诗情画意，又语带双关。上联说：你要对不出下联就在外面看月亮吧，下联答道：我已经对出来，可以进来了。

藏 头

就是指在对联的第一个字或最后一个字隐藏起来，间接的表达意思。例如：一二三四五六七；孝悌忠信礼义廉。这副对联是过去骂汉奸的，意思是"王（忘）八无耻"。又如：二三四五；六七八九。横批：南北。此联的寓意：缺一（衣），少十（食），没有东西。

谜语歇后语

　　就是指两句都用谜语或歇后语组成，例如：强盗画喜容，贼形难看；阎王出告示，鬼话连篇。又如：东生木，西生木，掰开枝丫用手摸，中间安个鹊窝窝；左绕丝，又绕丝，爬到树尖抬头看，上面躲着白哥哥。再如：开花芝麻，步步高；出土甘蔗，节节甜。

　　总之，作为一种产生于中国文化土壤之中，与中国传统的诗词文学紧密相关，同时追求语言文字的对仗之神韵的对联艺术，其用字用词的艺术技巧千变万化，花样繁多，除上面介绍的几种外，还有同韵叠字、同偏旁部首叠字、翻新、夸张等等。如果从中国对联于字里行间所显露出的艺术风格来讲，更有庄严、诙谐、警策、趣味等对联类别的划分。一句话，中国的对联艺术无论从格律修辞还是字词使用方面，均具有丰富多彩的内容，文化内涵博人精深，具有深厚的义学、美学的根基，需要慢慢体会才能悟得其中的精魂。

艳艳红花随落雨

文字的博弈

对联

186

漾漾碧水碧漾漾

中国对联的用典技巧

　　用典不仅是中国古典诗词、文章中的常用写作手法，而且也是中国对联创作的重要手段。典故的恰到好处地使用，不仅可以加深对联的历史感而且可以以精炼的文字表达出丰富多彩的内容。

对联用典的六大原则
▲ ▲ ▲ ▲ ▲ ▲

　　顾名思义，"用典"这一手法，就是在对联中运用典故。什么叫典故呢？简言之，典故就是出于古典书籍中的轶事、趣闻、寓言，传说人物或有出处的诗句、文章，都可以当作典故运用。我国旧体诗文中多喜用典，对联也是如此。但对联不一定都要用典，不少对联因为用典而使其光彩夺目，文情隽永。但如用典不当，也会使作品逊色。用典要讲技巧，必须做到恰当合理，有的放矢，过分和不及都为败笔。对联用典有六大原则，即用典要有思想性，用典要准确，用典要新颖，用典要照应主题，用典要自然得体，用典要积极上进。

（1）用典要有思想性。即所用的典故应该富有健康向上的思想、情趣，不得低俗。如郑板桥为苏州网师园濯缨水阁写的一联："曾三颜四；禹寸陶分"，这副对联中的"曾"即孔子弟子曾参。他说过："吾日三省我身，为人谋而不忠乎？与朋友交而不信乎？传不习乎？"意思是每日反省自己的忠心、守信、复习三个方面，此为"曾三"。"颜"为孔子弟子颜回，他有"四勿"，即"非礼勿视，非礼勿听，非礼勿言，非礼勿动。"故称颜四。"禹寸"，是说大禹珍惜每一寸光阴。《淮南子》中说："大圣大责尺璧，而重寸之阴"。陶分，指学者陶侃珍惜每一分时光。他说过，"大禹圣者，乃惜寸阴，至于众人，当惜分阴"。郑板桥化古人之名言，以最简练的语句，囊深邃之内容而成此绝对。此联的主题在于激励人们，珍惜时光，思想积极。

（2）用典要准确。用好典故，可起到画龙点睛的作用。然而，必须做到用典准确，切不可典义失调。请看小凤仙挽蔡锷联："不幸周郎竟短命；早知李靖是英雄"。此联的背景是：袁世凯本想利用小凤仙以磨洗蔡锷心志，但小凤仙与蔡锷相识后，结为知音，爱憎同

187

处处飞花飞处处

188

重重绿树绿重重

道，视为患难知己，后来小凤仙冒险救蔡脱身，完成倒袁大业。不幸蔡病逝，作者将蔡比作周郎英年而夭，又暗喻袁世凯是曹操，用典贴切；下联将自己比做红拂，将蔡锷比做李靖。两喻中人物同是在政治上做过一番大事业的英雄，所以此联用典贴切、自然，令人生发联想。

（3）用典要新颖。典故是静态的，用典贵在活用，可使典故鲜活起来，给读者以新鲜、真实、完美的感觉。这就要作者在创作过程中将自己的主观意识融进典故中去，使它具有独特的韵味。如中央文史研究馆馆长马一浮赠毛泽东联："旋乾转坤，与民更始；开物成务，示我周行"。这副联用了四句成语，"旋乾转坤"出自韩愈《潮洲刺史谢上表》一文，这里是说毛泽东领导中国共产党和全国军民打败日本帝国主义和国民党反动派，建立了新中国，从而发生了翻天覆地的变化。"与民更始"出自《汉书　武帝本纪》，这里是喻毛泽东带领全国人民改造旧的社会面貌，除旧布新。下联的"开物成务"出自《易经　卜辞上》，这里是说毛泽东通晓万物之理，按理办事，从而得以成功。"示我周行"，出自《诗经　大雅　鹿鸣》，这里是说毛泽东为全国人民指出了很好的建设新中国的方法和道路。这些典故，一字不改，现成照搬。却使得整个对联对仗极其工整，气魄宏大，用典贴切，出语自然，既是用典之妙品，又是集成语联之佳作。

再如成都武侯祠的对联："能攻心则反侧自消，从古知兵非好战；不审势即宽严皆误，后来治蜀要深思"。作者赵藩借鉴清末岑春煊、刘丙章先后任四川总督，其一宽一严、尽失其度，终至失误的教训，托出诸葛亮的治蜀之道，针贬时政，颇有余味。赵为岑春煊老师，联语一语双关，明写诸葛亮治蜀之功，暗示岑治蜀之过，致使岑后来迷路得返，当归功于此联之妙力。此联作为墓祠联，不见悲寒之色，用典奇绝，笔法乃联中珍品。

（4）用典要照应主题。做对联，不仅形式上要对称，内容上更要讲对称，用典时特别要注意它的对称形式，即文与义的关系。如上下句使用两个或两个以上的典故，典故之间内容要和谐，性质要对称，不要生拉硬扯。典故的引用必须服务于主题，这是关键。因为用典的作用是让人们从典故中更深刻地领悟联语的旨意。如果用典失误，文义错节，题典失调，必然使读者误入歧途。

如庐山白鹿升仙台一联写的与内容十分贴切："故

189

处处红花红处处

文字的博弈

对 联

190

天连水尾水连天

从此处寻踪迹；更有何人告太平"。这副对联的故事背景是：朱元璋与陈友谅大战之时，有一名叫周颠的疯和尚，于南京唱太平歌，歌词大意是说："朱元璋当了皇帝，天下会得太平"。朱听说后，派人将其招至军中，随军而行。在朱元璋横渡长江时，狂风大作，兵马难行。周颠立于船头，向天大叫数声风雨骤止，顺利渡江后，周颠告辞要走，朱元璋问去何方？周答：我是庐山竹林寺僧人。后来人们传说他在仙人洞北竹村骑白鹿升天而去。朱元璋为他在此建升仙台和御碑亭。此联之妙，在于它全面地将故事化入联内，文辞紧扣主题，语言平中见奇，也是对联绝品。

（5）用典要自然得体。就是要明白用典不是点缀作品更不是炫耀文采，卖弄风骚。用典只是一种手段，为了达到作者所要表达的目的。作品是给人看的，用典必须做到不生涩、不枯燥、不失度、不牵强。中国历史典故浩如烟海，我们用典的范围毕竟有限，使用典故必须避免那些生涩、偏颇、繁乱、含义不清以及不称为典故的"典故"入联。更不能随意串联一些成语、典故或者人名以成联，使人读之生厌或不知所云。

典故要给人以美感，要成为点睛之笔。如蒲松龄的镇纸铜条联写的就十分成功："有志者，事竟成，破釜沉舟，百二秦关终属楚；苦心人，天不负，卧薪尝胆，三千越甲可吞吴"。这副对联的联语中连用两个典故，上联借用项羽过漳水后，沉船、破釜、背水一战，终获大捷的典故，无半点雕琢之感。下联借用越王勾践卧薪尝胆苦熬十年，绝不罢休的顽强意志和远大志向，可谓是千古对联佳作。

（6）用典要积极上进。典故是几千年文明史给我们留下的宝贵财富，但由于它产生于封建社会，有的典故有很浓郁的封建落后色彩，如"人生如梦、攀龙附凤、黄金屋、男尊女卑、黄道吉日、盖棺论定、金榜题名"等等，用这些词时必须慎之又慎，否则会陷入封建思想的迷雾之中。古为今用必须注意思想性和政治性。

毛泽东主席是用典的高手，在他的诗作中，典故屡见不鲜，像吴刚、嫦娥、孙大圣、唐僧、神女、湘妃、牛郎、盗跖、玉皇、五帝、孔子、陶令、曹操、霸王、秦皇汉武、唐宗宋祖，在他的笔下运用得十分自如、自然。例如，"金猴奋起千钧棒，玉宇澄清万里埃"；"云横九派浮黄鹤，浪下三吴起白烟"；"宜将剩勇追穷寇，不可沽名学霸王"等，都是脍炙人口的联句。如何做好对联，无捷径可走，必须平时多读一些名诗、名句、名联，久而久之，会得悟其真谛。多写，首先应在

192

龙潭活水活潭龙

多读的基础之上。总之，在用典方面要提高自己的创作出新的胆识，不要在别人的陈词滥调中爬行。这是进行对联创作时，提高写作水平的关键所在。

对联用典的六种方式

　　对联是文章中最精练的文体，决不允许浪费笔墨。为了以较少的文字提供较多的信息，必须避免上下两联说同一意思。例如，在新春联中用"震乾坤"对"惊世界"，"发祥光"对"腾瑞气"，均是不妥当的。比如下面的对联："生意兴隆通四海；财源茂盛达三江"，这是旧时商店通用春联。虽然该对联"平仄合律，对仗工整"，而且与爆竹声中"恭喜发财"的气氛相协调。但"通四海"与"达三江"，其实是一个意思，这就有了重复累赘之缺憾。同样的道理，我们在创作对联时，如运用古典来说情达意，那么同样也要避免同义重复、累赘的毛病，要使得不同的典故能够恰到好处地表达出其与众不同的内涵。下面我们来谈谈对联用典的六种方式：

　　（1）拈用法。将古诗文中的原话照搬或稍加改动而成联，称拈用。如杭州岳庙联："天下太平，文官不爱钱，武将不惜死；乾坤正气，在下为河岳，在上为日星"。上联引自岳飞的话："文官不爱钱，武将不怕死，则天下太平矣。"只将顺序颠倒一下，属拈来之笔。下联引自文天祥正气歌："天地有正气，杂然赋流形，下则为河岳，上则为日星。"只改动几个字，即翻成新联。

（2）掇合法。在一联里，将不同作品中的互不相干的两个（或两个以上）典故掇在一起，为同一主题服务，即称掇合。如安徽霍山县韩信祠联："生死一知己；存亡两妇人"。此对联的寥寥十字，便全面概括了韩信一生中的重大经历。上联"生死一知己"，是说韩信得以重用及后来谋反被识破者，均为萧何一人。这就是世间所说的"成也萧何，败也萧何"。下联是说，韩信在早年因家贫挨饿，幸被一洗衣妇人救助，才保全生命。后韩谋反被捕，被吕后所杀，存亡都在两个妇人之手，即是下联的含义。

（3）出新法。即用原来的典故翻出新意。如河南南阳卧龙岗诸葛庐联："心在朝廷，原无论先主后主；名高天下，有何辩襄阳南阳"。据传此联为清代咸丰年间的南阳知府顾嘉衡所创作。当时民间均对于诸葛亮的茅庐所在地多有争议，一说在湖北襄阳的隆中，一说在河南南阳。顾嘉衡是襄阳人，当时他正在南阳任职，地

193

雪岭吹风吹岭雪

珠联璧合联珠

方人士要他证明茅庐的出处，顾颇感为难，于是便撰写一联于卧龙岗处。意思是说，既然诸葛亮对政事鞠躬尽瘁，死而后已，他的功绩扬名天下，又何必去为茅庐这一小事而争论不休呢。此联显示了作者的大度胸怀。

（4）脱化法。即用典用得不着形迹、使典故原来的风貌不易被人察觉。例如湖南岳阳楼一联："四面湖山收眼底；万家忧乐到心头"。此联乍看不见用典，其实不然。下联应是将范仲淹的名句"先天下之忧而忧，后天下之乐而乐"的意思脱化。重在"忧乐"两字，二字关情，用得极巧。

（5）改造法。即对所用典故的内容做一番改动，以为己用。请看下联："不明才主弃；多故病人疏"。传说此联为清代大学士纪晓岚所做，因他的家人多次被庸医所误而丢害性命，因此他对不学无术的庸医恨之入骨。为此，他将孟浩然的诗句"不才明主弃，多病故人疏"改变成一幅嘲讽庸医的妙对。按原诗的意思是说，因为没有才华而不被当权者重用，因为身体多病，连老友也疏远了。改联不变一字，只调换了"才""明""病""故"四字的位置，意思则变成为：由于庸医所致遭财主嫌弃，由于总出事，故病人都不来求医。可称神来之笔，令人称奇。当然，对用典的

改造，不仅在于动字，有的可用原意，有的反其意而用。这就要作者通晓典故，掌握好用典的分寸及典故的内涵及外延特点，才能得心应手，改出新意，不落俗套。

（6）修饰法。修饰即摘取原文中、诗词中的句子加以修正，以符合对联的要求。下面是清末秀才许经明为一所名叫"明诚"的学校所题之联：

明以辩之，学以聚之；诚者成也，校者教也。

联中四小句，形成字句对，集引对，联首二字藏"明诚"二字，以誉明诚学校之意，后半句首字冠"学校"二字，主语"诚""校"与谓语"成""教"分别构成叠词，妙趣横生。

另外在用典上，其上句"明以辩之"，出自《礼记·中庸》，原句为"博学之，审问之，慎思之，明辩之，笃诚之"，在明辩之句中加一"以"字。"学以聚之"语出《易经·乾卦》：君子"学以聚之"。下句"诚者成也"，出自《礼记》，原文为"诚者，自成也"，删去一个"自"字。"校者教之"则出自《史记·儒林列传》正文。

这副对联上联的意思是说，学者要对所学知识必须加以分辨以求其解；学者以学而聚，亦学问之聚处。

195

凤落梧桐梧落凤

文字的博弈
对 联

下联的意思是说，教育是要十分重视"诚"的，只有讲"诚"，方成大器。总之，整副对联的联语典雅、自然，思想深邃，堪称中国对联艺术宝库中的又一珍品佳作。

196

清水塘里塘水清

中国对联的领字与格调

　　所谓领字，是指在一个联句里面起到统领作用的字（词）。而这些不同的句式组合成相应的几言对联时，其字词、典故与声律的组合即构成了对联的内涵、意境。对联的格调，直接影响到作品的品位。对联格调的高低，一取决于作品的题材，二取决于作者的性情。下面我们就来探讨下中国对联创作时的领字技巧与格调艺术。

对联艺术的领字法简述

　　领字，是指在一个联句里面起到统领作用的字（词）。对联中，通常有一些自对的句子，如"清风朗月、劲柏苍松"，这些自对的句子，可以单独使用。但当它们要用到结构比较复杂的联句里面的时候，就需要有一个引领，比如说，"清风朗月、劲柏苍松"这两个自对句放在一起要成为一幅对联，难免有点牵强，但可

静泉山上山泉静

198

书临汉帖翰林书

以这样处理："此处有清风朗月；其人如劲柏苍松"，通过在"清风朗月"前加上"此处有"三字，在"劲柏苍松"前加上"其人如"三字，这样整个对联就把景物与人物（人品）联系在一起，形成一副成功的佳作。而该对联中所添加上的"此处有""其人如"，就是"领字"。

（1）领字的来源。对联最早从诗歌而来，从赋咏而来，从汉赋骈文而来。因而中国古典诗歌、赋咏、骈文等文学体裁的创作原则与方法会自然影响到对联。中国早期的对联作品特别是唐宋时期的，均有很明显的骈赋痕迹，大量使用虚词，如"之乎者也"等。而到了明朝，便大量的转入与律诗句式相仿的五七言句，其对偶、对仗、用典等方面得到大发展，对联的格式、韵律、词句愈加工整。清朝时期，随着对联在字词使用、典故运用、修辞手法、句式翻转等方面的愈加成熟，从而导致清代长联的数量开始多了起来，这样对联的形式和创作手法也愈来愈多样。

领字的最早普遍使用，是在元曲里面。元曲又称词令，其来源于词，但元曲有一个特征，即除了一些篇幅很短的小令彼此间是相同之外，大部分同曲牌的作品，其字数都会是不一样的，这与词的相同词牌名下的词作

品字数必须相同的严格规定，是不同的。因此，中国元曲相同词牌名字数可以不同，而中国宋词相同词牌名字数不许相同的原因，即是"领字"所导致的。总之，由于中国的对联由骈赋得四、八言联，自诗得五七言联，因词得长短句，所以在逐步的发展过程中，就把"领字"的楚创作手法移植到自身的文词创作中。另外，对联里的一些联句，在语气上极口语化，这也和戏曲入联关系密切。

（2）领字的使用法则。作为中国对联创作中的一种特殊的写作手法，"领字"在运用时有许多特殊的使用要求，只有符合这些规则才能使得"领字"运用的恰到好处。领字有什么使用要求呢？有人认为，领字必须是虚的，如"莫辜负""都付与"这一类的，才能称作领字。也有人持不同意见。理由是，领字的作用就是要牵领下文，以下文作为主体，领字是辅助性质的，能认同这一点的话，实词虚义的也能成为领字，就如"三千年""一万种"，都是为突出下义服务的。不过，要指出的是，在长联里面使用实词虚用的手法，会比在短句里面使用要困难得多，所以实词虚用，要注意用得其所。

（3）领字与声律间的关系。当一个联句引入领字

200

雾窗寒对遥天暮

之后，我们便不能再对联句用诗律的句式来要求。比如，大观楼长联的"看东骧神骏"若用五言律句来衡量的话，显然就是破律的了。所以尽管有很多的作品在引入领字之后依然因为注重声律而尽量做到与律句句式吻合，但在联律上并没有严格的要求，有人甚至喜欢以运用领字来突破千篇一律的常用句式。领字在对仗上面也比较宽松，在对应位置上的声律要求也一般被淡化，这是因为领字虽然在联句中起到的作用不少，但它始终是为了给主体服务，为了明确它在句中的主次地位，有意地忽略它的声律、对仗要求，也就是模糊辅助物，突出主体。

下面为了便于读者进一步明白什么叫"领字"及其使用规则，我们就以宋词中的"领字"为例以作说明。领字用于宋词的慢词，而且单字领句比二三字领句用得更多。单字领字有领一句的，有领二句的，有领三句的，至多可领四句。比如，一字领一句的："向抱影凝情处""想绣阁深沉""但暗忆江南江北""纵芭蕉不雨也飕飕"，这里的"向""想""但""纵"即是领字。一字领二句的："探风前津鼓，树杪旌旗""叹年来踪迹，何事苦淹留""正思妇无眠，起寻机杼""奈云和再鼓，曲终人远"，这里的

"探""叹""正""奈"即是领字。

另外，如一字领三句的："渐霜风凄紧，关河冷落，残照当楼""算只有殷勤，画檐蛛网，尽日惹飞絮""奈华岳烧丹，青谿看鹤，尚负初心""帐水去云回，佳期奋渺，远梦参差"，这里的"渐""算""奈""帐"即是领字。还有就是一字领四句的："渐月华收练，晨霜耿耿；云山摘出，朝露溥溥""皇一川冥霭，雁声哀怨；半规凉月，人影参差""想骢马钿车，俊游何在；雪梅蛾柳，旧梦难招""正惊湍直下，跳珠倒溅；小桥横截，新月初笼"，这里的"渐""皇""想""正"即是领字。

一般来说，一字领二句的句法，在词中为最多，如果这二句都是四字句，最好用对句。一字领三句的，此三句中最好有二句是对句。如柳永八声甘州那样用三个排句，就显得情调更好。一句领四句的，这四句必须是两个对句，或四个排句，不过这种句法，词中不多，一般作者，都只用沁园春和风流子二调。上述这些宋词中的"领字"法则，对于对联的创作同样具有参考作用。

领字的运用与常用领字

正由于中国对联创作中的"领字"手法源于宋词、

文字的博弈

对 联

高步蹑华嵩

元曲，因而借鉴宋词的领字法则、元曲的领字法则能够使我们更好地运用这种独特的创作手法来用字用词、安排联句结构与句式。词学大家张炎在《词源•虚字》中说："词与诗不同。词之句语，有二字、三字、四字至六字、七八字者，若堆叠实字，读且不通，况付之雪儿乎？合用虚字呼唤。单字如'正''但''甚''任'之类，两字如'莫是''还有''那堪'之类，三字如'更能消''最无端''又却是'之类。此等虚字却要用之得其所。若能善用虚字，句语自活。"由此而提出了"领字"在安排宋词的语句结构，提升词句的韵律、意境中的重要作用。

另一词学家沈义父在《乐府指迷》中针对词学中的"虚字领字"，也说道："腔子多有句上合用虚字，如嗟字、奈字、况字、更字、料字、想字、正字、甚字，用之不妨。如一词中两三次用之，便不好，谓之空头字。"，不仅提出了"领字"的使用禁忌"避免多次、重复使用"，而且认为这些"一字到三字的虚字"应该多用于词意的转折处，从而使上下句相互结合，起到语句过渡或联系上下文的作用。明人沈雄在《古今词话》中把这一类虚字称为"衬字"。但万树却在《词律》中就沈雄的观点加以反驳，他认为词与曲不同，曲有衬字，词无衬字。因为在南北曲中，衬字不一定是虚字，有时实字也可以是衬字。所以词中的虚字，不宜称为衬字。

所谓"虚字"称为"领字"，则是出现在清代的词论著作中，当时的词学家称这一类引领词句的虚字为"领字"，因为它们是用来领起下文的，如"正""甚"，清朝词学著作《宋四家词选》中第一次称其为"领句单字"，从而首次说明了"领字"的意义。领字的作用，在单字用法上最为明确。因为单字不成一个概念，它的作用只是领起下文。二字、三字，本身就具有一个概念，使用这一类语词，有时可以认为其是句中的一部分。

从"领字"的使用规则来说，宋人所谓的"虚字领字"，都用在句首。发展到后来，"领字"的使用方法主要有三种：一是或用于句首，二是用于句中，三是用于句尾。其中用于句尾的，多在需要押韵处。而用于句首或句中的，其始起于衬字，在首句用以"领句"，在句中用以"呼应"。句尾用虚字的情形一般较少见，是偶然现象。

领字在联句中的运用没有一个量的规定和标准，大观楼长联中："看东骧神骏，西翥灵仪，北走蜿蜒，

知音在霄汉

204

扫石竹荫教

南翔缟素"，一个"看"字便引领以下的四句，又"趁蟹屿螺洲，梳裹就风鬟雾鬓"，这里有两处带领字，"趁"字，领"蟹屿螺洲"，"梳裹就"三字，领"风鬟雾鬓"，后面的"更苹天苇地，点缀些翠羽丹霞"，其用法一致。于是，我们可以下一个结论，领字的多寡，是要结合联句本身的要求来定的，这个要求，主要是来自句式变化的考虑。长联中的领字起到引领承接的作用而大量被使用，而领字在短联中的应用比例比较少，但也不能否认其存在。

总之，这些出现于宋词、对联中的所谓虚字都是起领句作用的，所以，它们必然用在句首。清人称为"领字"，其意义更为明确。而且对联中的领字多用于长联中，用其引出一句、两句、三句，但在实际运用时要考虑到具体的使用规则，注意保持联句的句式结构协调与节奏韵律。下面我们将常用的领字列举出来，以供创作时参考使用。

（1）常用领字之一字式。主要有：

看望听想读览喜溯怅怕任待问凭叹嗟念试应将须

对莫正乍总奈但料似算更真并怎方尽况渐倘虽彼

（2）常用领字之二字式。主要有：

迹将　却将　莫非　何须　只须　须知　须念　还须
即此

如此　居然　自然　但看　但闻　但得　但愿　记得
不忘

恍如　不妨　何不　也算　看来　不觉　切莫　岂料
总合

更兼　只要　只将　只是　只期　只余　若是　已是
不是

便是　又是　云呈　况是　哪怕　那堪　此日　当年
尚待

依旧　自思　自愧　且把　莫把　未省　休说　无怪
休辞

岂惟　没道　未必　何必　何况　安得　纵使

试问　试看　敢向　不堪　犹觉　却忆　未闻

（3）常用领字之三字式。主要有：

最难忘　最可怜　最无端　最堪怜　最妙处　最好是

只赢得　只落得　只留得　只刑得　写不尽　望不断

流不尽　看不尽　禁不住　赏不尽　全不念　君不见

只不过　倒不如　哪管他　休论他　谁管它　且任我

才领得　好领取　莫辜负　都付与　且探寻　且看那

205

卷帘花雨滴

206

书香不是花

文字的博弈

对联

请看那	放眼看	扰想见	犹剩得	犹记得	再休提
再休说	再休管	无怪乎	又还是	又何妨	无非是
又谁料	又谁知	又添得	又何必	又奚必	更能消
消受得	更何须	何须问	况更有	更有些	应有些
正有待	待他年	看今日	回溯那	更忆及	忆几番
听几番	怎脱去	怎抛却	怎识得	便怎地	岂徒览
切莫要	说什么	皆因是	可直作	看破那	还须要
未曾闻	唯此地	都幻作	尽收归	焉能免	
要争个	安排着	才觉出	有多少	休忘却	

中国对联的十种格调

▲▲▲▲▲

对联的格调，直接影响到作品的品次，作者使用哪种格调，第一取决于题材，第二是作者的性情，有人偏重短联，重在一气呵成；有人喜用长句，意在缠绵反恻；有人喜好宛转，巧于花心悟语；有人倾于豪放，旨在铁琶高歌，不一而足。其实作品即是格调、艺术特色的综合表现，它包括作品的格律声调、作者风格、作品体裁等诸多因素。所谓"直缘多艺用心劳，心能玲珑格调高"，讲的就是诗词、对联的格调。谐不伤雅，既雅且谐，格调才算高尚。从体裁的角度来看，对联的格调大致可分为以下十种：

（1）律诗格调。最初，对联多为五或七言，它是对联格调的主流，这种诗歌式的对联，现在仍占大多数。如苏小妹联：轻风扶细柳；淡月失梅花。又如杭州藕香居茶室联：欲把西湖比西子；从来佳茗似佳人。

（2）词格调。到了宋朝，宋词逐渐兴盛，同时也丰富了对联艺术。于是便出现了词格调的对联。词别称长短句，词格者即联句长短参差不一，有的音律也近于词曲，这种体式分明是受了宋词、元曲之影响。如南京徐达的故居联：大江东去，浪淘尽千古英雄，问楼外青山、山外白云，何处是唐宫汉阙；小院春回，莺唤起一庭佳丽，看池边绿树、树边红雨，此间有舜日尧天。再如顾复初题写的成都濯景楼联：引袖拂寒星，古意苍茫，看四望云山，青来剑外；停琴伫凉月，予怀浩渺，送一篙春水，绿到江南。

（3）民歌格调。有的对联很像民歌，语言通俗朴素，形式生动活泼，很有民歌情调。如解缙联：金水河边金线柳，金线柳穿金鱼口；玉栏杆外玉簪花，玉簪花插玉人头。

（4）散文格调。有的对联如散文信笔而成，其语式随便，如娓娓而谈。以文入联，有人说自曾国藩始。请看清末文人俞樾的自挽联：生无补乎时，死无关乎

207

剑气非关月

208

荡胸生层云

数，辛苦苦著二百五十卷书，流传人间，是亦足矣；仰不愧于天，俯不怍于人，浩荡荡历半生三十年事，放怀一笑，吾其归乎？再如秋瑾墓联：悲哉，秋之为气；惨矣，瑾其可怀！

（5）戏文格调。有的联从断句、叠词上看，很有戏文的味道，例如：想当年那段情由，未必如此；看今日这般光景，或者有之。再如：莺莺燕燕，翠翠红红，处处融融洽洽；雨雨风风，花花叶叶，年年暮暮朝朝。

（6）曲格调。曲的格调表现在语言质朴自然，新鲜泼辣，形象生动、诙谐。此类对联具有文而不文，俗而不俗的风格。例如棺材铺联：这买卖稀奇，人人怕照顾我，要照顾我；那东西古怪，个个见不得它，离不得它。再如诙谐联：一大乔、二小乔，三寸金莲四寸腰，五匣六盒七彩粉，八分九分十倍娇；十九月、八分圆，七个进士六个还，五更四鼓三声响，二乔大乔一人占。

（7）成语格调。有的对联为成语嵌成，如林则徐撰联：海纳百川，有容乃大；壁立千仞，无欲则刚。

（8）绕口格调。有的联很像绕口令，如：屋北鹿独宿；溪西鸡齐啼。再如：烟沿檐；湮燕眼。

（9）谜面格调。有的像一则谜面，如：白蛇过江，头顶一轮红日；青龙挂壁，身披万点金星。上联喻

油灯，下联喻秤。再如：四壁图书三尺剑；半肩行李一张琴。联中藏"张三"、"李四"四个字。

（10）骈文格调。用骈体写成的文章称为骈文，骈文讲究词句整齐、对偶、声韵和谐，辞藻华美。汉朝、南北朝后，骈文风行，它后来影响了中国几千年的文学史，对联同样受其影响。骈文格调的对联在清代的长联中得到了淋漓尽致的发挥。这种格调在清代以前出现得并不多，清末民国初期，对联越写越长，从此，骈文格调便有了充分发挥的余地。

如李联芬写的武汉黄鹤楼联：数千年胜迹，旷世传来，看凤凰孤岫，鹦鹉芳洲，黄鹄渔矶，晴川杰阁，好个春花秋月，只落得剩山残水，极目今古愁，是何时崔颢题诗，青莲搁笔；一万里长江，几人淘尽？望汉口斜阳，洞庭远涨，潇湘夜雨，云梦朝霞，许多酒兴风情，仅留下苍烟晚照，放怀天地窄，都付与笛声缥缈，鹤影蹁跹。

此联不仅用了大量的骈名，如"凤凰孤岫，鹦鹉芳洲，黄鹤渔矶，晴川杰阁"，"汉口夕阳，洞庭远涨，潇湘夜雨，云梦朝霞"等等，把人带入旷远、舒展的诗情画意之中，而且用词典雅、清丽、极富文采，边叙边议，将眼前景物、历史风云铺成一幅壮美的画卷，文辞

209

举头望明月

文字的博弈

激扬，如栏外涛声，从远而近，不绝于耳。堪称一绝妙联。

第五章

中国经典对联的鉴赏

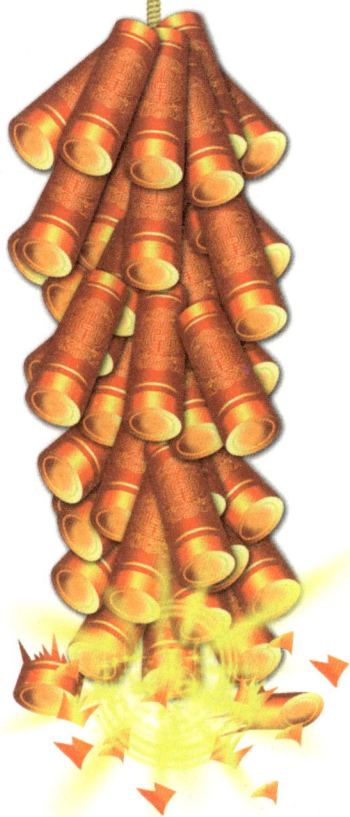

中国对联历史悠久，且经过长期的发展，其字数从四字到十一字都有。而按传统观点，每边十一字以上的就称长联，最多不过二三十余字。其实对联的优势在于言简意赅，赏心悦目，适合悬挂，不宜太长。七言是律诗句式，八言是骈文句式，骈文和律诗句式的结合以十一言为典型，标志着对联有了不同律诗和骈文的结构，故以此分界，称为长联，是合理的。长联结构比较复杂，但可以将句脚安排简化为四言模式的句脚安排。当然每句不一定是四言，还可以加领、衬字。诸如："莫放春秋佳日过；最难风雨故人来""世上疮痍，诗中圣哲；民间疾苦，笔底波澜""天地自成文，湖山有美；国家期得士，桃李无言""成大事以小心，一生谨慎；仰流风于遗像，万古清高""八百里湖山，知是何年图画；十万家灯火，尽归此处楼台"等等，均是言数较长的对联。一般地说，七言、八言、九言及以上的，皆是长联。除此而外，还有一些由多个句子复合而成的超长联。

　　因为对联的创作对字数要求没有严格规定，故产生的对联形式多样，内容丰富，从古至今出现了很多著名的经典对联。本章我们为大家列举一些中国古今经典对联和超长联，以供读者阅读欣赏。

中国古今经典对联鉴赏

四字联

有代表性的主要有：

"一轮明月；四壁清风"　　"天下有道；国家将兴"

"云水风度；松柏气节"　　"不攻人短；莫矜己长"

"风云论道；笔墨通天"　　"行仁义事；读圣贤书"

"江山入画；意气凌云"　　"穷不失义；富而无骄"

"松风高洁；兰气幽芳"　　"贫不学吝；默无过言"

"泪尽数行；诗留千古"　　"倚剑天外；射雕云中"

"读古人书；友天下士"　　"勤能补拙；俭以助廉"

"曾三颜四；禹寸陶分"　　"静观世态；细品人生"。

五字联

富有代表性的主要有：

"一生勤为本；万代诚作基"　"一溪流水绿；千树落花红"

文字的博弈

"人无信不立；天有日方明" "三月桃花雨；一张风雪图"

"三思方举步；百折不回头" "丈夫志四海；古人惜寸荫"

"万山排紫绿；一室贮清虚" "山公惜美景；小谢有新诗"

"千流归大海；高路入云端" "已过勿惮改；未然当先思"

"天地入胸臆；文章生风雷" "天长落日远；意重泰山轻"

"天意怜幽草；人间爱晚晴" "无言先立意；未啸已生风"

"无事此静坐；有福方读书" "云霞生异彩；山水有清音"

"不雨山常润；无云水自阴" "甘从千日醉；耻与万人同"

"书中乾坤大；笔下天地宽" "长笑对高柳；贞心比古松"

"月斜诗梦瘦；风散墨花香" "风波即大道；尘土有至情"

"风轻一楼月；室静半枕书" "心同孤鹤静；节效

214

闲谈莫论人非

古松贞"

"心源无风雨；浩气养乾坤" "水清鱼读月；山静鸟谈天"

"古琴弹夜月；淡墨画秋山" "东壁图书府；西园翰墨林"

"白眼观天下；丹心报国家" "半窗知我月；千卷鉴人书"

"地小花栽俭；窗虚月到勤" "共知心是水；安见我非鱼"

"有山皆园画；无水不文章" "有竹人不俗；无兰室自馨"

"有容德乃大；无欺心自安" "曲径踏花影，明轩赏月华"

"竹送清溪月；松摇古谷风" "会心今古远；放眼天地宽"

"名随市人隐；心与古佛闲" "江山千古意；时序百年心"

"江山开眼界；风雪炼精神" "江山澄气象；冰雪净聪明"

"把酒时看剑；焚香夜读书" "何处梅花笛；谁家碧玉萧"

文字的博弈

对 联

"闲中有富贵；寿外更康宁" "穷愁但有骨；诗兴不无神"

"苦读千年史；笑吟万家诗" "苔石随人古；山花拂面香"

"事可对人语；福向俭中求" "雨匀万木翠；日暖百花舒"

"雨过琴山润；风来花木香" "雨润千山秀；风和万物荣"

"知音在霄汉；高步蹑华嵩" "采菊东篱下；种桑长江边"

"卷帘花雨滴；扫石竹荫移" "波涛良史笔；讽兴诗家流"

"诗从肺腑出；心与水月心" "诗思竹间得；道心尘外逢"

"春归花不落；风静月长明" "春来千岭翠；花落两衿香"

"草色和云暖；梅花带月寒" "荒城临古渡；落日满秋山"

"要求真学问；莫做假文章" "秋菊有佳色；幽兰生前庭"

"泉清堪洗砚；山秀可藏书" "剑气非关月；书香

月如无恨月常圆

不是花"

"闻鸡晨舞剑；借萤夜着书" "美花多映竹；乔木自成林"

"养天地正气；法古今完人" "举头望明月；荡胸生层云"

"室雅何须大；花香不在多" "诗写梅花月；茶烹谷雨春"

"幽林听鸟语；深谷看云飞" "栽培心上地；涵养性中天"

"桂子落秋月；荷花羞玉颜" "格超梅以上；品在竹之间"

"根深则果茂；源远而流长" "晓露三春润；钟声两岸闻"

"铁肩担道义；辣手着文章" "修业勤为贵；成文意必高"

"胸中富丘壑；腕底有鬼神" "座对贤人酒；山藏太史书"

"疾风知劲草；烈火见真金" "海为龙世界；云是鹤家乡"

"海阔凭鱼跃；天高任鸟飞" "浮沉休感慨；方正自栽培"

文字的博弈

对联

"读书滋逸气；阅世益豪情" "读书难字过；回首白云间"

"掬水月在手；弄花香满衣" "雅琴飞白雪；高论横青云"

"雅量含高远；诗书见古今" "粗茶有真味；薄酒无醉人"

"颇得河山趣；不知城市喧" "琴言清若水；诗梦暖于春"

"斯文在天地；至乐寄山林" "短歌能驻日；闲坐但闻香"

"愿持山作寿；常与鹤为群" "暗水流花径；清风满竹林"

"慷慨谈世事；卓荦观群书" "端居喜良友；独立占古风"

"澄江静如练；长啸气若兰"。

六字联

富有代表性的主要有：

"凡物皆有可观；于书无所不读" "少言不生闲气；静修可得永年"

"公生明偏生暗；智乐水仁乐山" "为大众利益

218

有泛可以当客谈

事；去一切瞋恨心"

"以万物为刍狗；治大国若烹鲜" "以教人者教己；在劳力上劳心"

"未能一日寡过；恨不十年读书" "岂能尽如人意；但求无愧我心"

"行止无愧天地；褒贬自有春秋" "争上游防下达；敦古道近人情"

"守有道节有理；尊所闻行所知" "弃燕雀之小志；慕鸿鹄而高翔"

"实践检查真理；时间解决问题" "放开肚皮吃饭；抖起神气读书"

"政惟求于民便；事皆可与人言" "竖起脊梁立行；放开眼孔读书"

"养心莫如寡欲；温故乃能知新" "铁石梅花气概；山川香草风流"

"读书不求其解；鼓琴足以自娱" "读书随处静士；闭门即是深山"

"随缘穿衣吃饭；切实作事为人" "满壁剑光披拂；一帘花气淋漓"

"静坐常叫己过；闲谈莫论人非"。

219

无求不着看人面

文字的博弈

对联

220

有书时向静中观

七字联
▲▲▲

富有代表性的主要有：

"一人知己亦已足；毕生自修无尽期" "一池翠影游鱼乐；三径红香舞蝶忙"

"一帘风雨王维画；四壁云山杜甫诗" "一帘花影云拖地；半户书声月在天"

"一亭尽揽山中趣；幽室能观世外天" "一庭花发来知己；万卷书开是古人"

"一室图书自清洁；百家文史足风流" "一路沿溪花复水；几家深树碧藏楼"

"一榻梦生琴上月，百花香入案头诗" "一藏梵声涛在口；满林花影月苞山"

"二分诗景八分画；楼外江声天外峰" "卜邻喜近清凉宅；与客同参文字禅"

"人有不为斯有品；己无所得可无言" "人间清品如荷极；学者虚怀与竹同"

"人到万难须放胆；事当两可要平心" "人品清于在山水；天怀畅若当风兰"

"人得交游是风月；天开图画即江山" "八体六书生奥妙；五山十水见精神"

"几枝疏影千秋色；一缕东风万户春" "于人何不可容者；凡事当思所以然"

"大胆文章拚命酒；坎坷生涯断肠诗" "万花深处松千尺；群鸟喧时鹤一声"

"万里秋风吹锦水；九重春色醉仙桃" "万岫烟云迷岭外；千重紫气锁山头"

"万卷古今消永日；一窗昏晓送流年" "万卷图书天禄上；四时云物月华中"

"万树苍颜千里翠；一楼新色满城辉" "万壑泉声云外去；数点秋色雁边来"

"与有肝胆人共事；从无字句处读书" "与贤者游信足乐；集古人文亦大观"

"才大古来难适用；人生何处不相逢" "才能济变何须位；学不宜民枉有官"

"山外斜阳湖外雪；窗前流水枕前书" "山河兴废人搔首；风雨纵横乱入楼"

"山静日长仁者寿；荷风香善圣之清" "山溪一曲泉千曲；竹径三分屋二分"

"千古文章书卷里；百花消息雨声中" "千年事业方寸内；万里乾坤掌握中"

"千秋笔墨惊天地；万里云山入画图" "勺水汇集

221

无事且从闲处乐

成沧海；拳石频移作泰山"

　　"门掩梨花深见月；寺藏松叶远闻钟" "小雨藏山客来久；长江接天帆到迟"

　　"小楼一夜听春雨；孤桐三尺泻秋泉" "天机清旷长生海；心地光明不夜灯"

　　"天若有情天亦老；学如无恨月常圆" "无求不着看人面；有酒可以留客谈"

　　"无事且从闲处乐；有书时向静中观" "无欲常教心似水；有言自觉气如霜"

　　"无暇人品清如玉；不俗文章淡似仙" "云淡风清诗世界；雨香竹翠画乾坤"

　　"云影波光天上下；松涛竹韵水中央" "不因果报勤修德；岂为功名始读书"

　　"不知明月为谁好；时有落花随我行" "不要钱原非易事；太要好也是私心"

　　"世间唯有读书好；天下无如吃饭难" "世事沧桑心事定；胸中海岳梦中飞"

　　"日月两轮天地眼；诗书万卷圣贤心" "书山有路勤为径；学海无涯苦作舟"

　　"书有未观皆可读；事已经过不须提" "书似青山常乱迭；灯如红豆最相思"

学海无涯苦作舟

"书到用时方恨少；事非经过不知难" "今日方知心是佛；前身安见我非僧"

"勿施小惠伤大体；毋以公道逐水情" "风人所咏托于古；静者之怀和若春"

"风度鹤声闻远谷；山横雨色卷浮岚" "文章真处性情见；谈笑深时风雨来"

"为人不外修齐事；所乐自在山水间" "心收静里寻真乐；眼放长空得大观"

"水能性淡为吾友；竹解心虚是我师" "玉子半枰敲净几；炉香一缕上藏书"

"玉堂修史文皆典；香案承书望若仙" "古人却向书中见；男子要为天下奇"

"石径芳踪林荫道；小桥流水稻香村" "旧书百读无新意；古事重论感世情"

"四面江山尽眼底；万家忧乐到心头" "付出九牛二虎力；不作七拼八凑文"

"处事待人诚为本；持家立业俭当先" "冬雪戏梅千里画；春风摇柳万行诗"

"立志不随流俗转；留心学到古人难" "半世在身蝴蝶梦；千秋苌血杜鹃吟"

"司马文章元亮酒；右军书法少陵诗" "老骥伏枥

书山有路勤为径

文字的博弈

对联

千里志；短锥处囊半寸锋"

"有血性人能共事；无身家念可居官" "有关家国
书常读；无益身心事莫为"

"有意春风点柳眼；无声时雨润桃唇" "扪心只有
天堪恃；知足当为世所容"

"此心平静如流水；放眼高空看过云" "此间只可
谈风月；相对何须问主宾"

"壮士腰间三尺剑；男儿腹内五车书" "当局能肩
天下事；读书深得古人心"

"岂因果报方行善；不为功名亦读书" "自喜轩窗
无俗韵；亦知草木有真香"

"近水楼台先得月；向阳花木早逢春" "名高北斗
星辰上；诗在千山烟雨中"

"多读古书开眼界；少管闲事养精神" "好书不厌
看还读；益友何妨去复来"

"好鸟枝头亦朋友；落花水面皆文章" "观水期于
无情地；生天当是有情人"

"花开花落僧贫富；云去云来客往还" "花里题诗
香入名；竹边留客翠沾衣"

"两三竿竹见君子；十万卷书思古人" "园中鸟语
劝沽酒；窗下日长宜读书"

224

事非经过不知难

"每临大事有静气；不信今时无古贤" "何以至今心愈小；只因已往事皆非"

"但觉眼前生意满；须知世上苦人多" "但教有花春满眼；何曾不醉月当头"

"身行万里半天下；眼高四海空无人" "应视国事如家事；能尽人心即佛心"

"床头古器周秦物；坐上名流汉魏人" "闲为水竹云山主；静得风花雪月奴"

"实事渐消虚事在；长年方悟少年非" "即以蓬莱作舟楫；不怕沧海起风波"

"忌我莫非知我者；有言尽在不言中" "青山有色花含笑；绿水无声鸟作歌"

"苟利国家生死以；岂因祸福避趋之" "林花经雨香犹在；芳草留人意自闲"

"松竹梅岁寒三友；桃李杏春风一家" "板凳要坐十年冷；文章不写一句空"

"直上青云揽日月；欲倾东海洗乾坤" "事能知足心常惬；人到无求品自高"

"齿牙吐慧艳如雪；肝胆照人清若秋" "非名山不留仙住；是真佛只说家常"

"明月清风深有味；左图右史交相辉" "岩前炼石

225

书到用时方恨少

文字的博弈

对联

云为质；槛外流泉月有声"

"知足是人生一乐；无为得天地自然" "法雨慈云窥色相；清池明月露禅心"

"学力无边勤是舵；人生有道德为邻" "学向多自虚心得；风物长宜放眼量"

"宝剑锋从磨砺出；梅花香自苦寒来" "帘外微风斜燕影；水径疏竹近人家"

"春随香草千年艳；人与梅花一样清" "品若梅花香在骨；人如秋水玉为神"

"看镜已成双白鬓；名山踏破几青鞋" "庭小有竹春常在；山静无人水自流"

"养活一团春意思；撑起两根穷骨头" "染指何妨因涤砚；折腰不惜为浇花"

"室有芝兰气味别；胸无城府天地宽" "室临春水幽怀朗；坐对贤人躁气无"

"莫思身外无益事；须读人间有用书" "笔下留有余地步；胸中养无限天机"

"酒杯在手六国印；花雾上身一品衣" "读书写字种花草；听雨观云品酒茶"

"课子课孙先课己；成仙成佛且成人" "随时静录古今事；尽日放怀天地间"

226

男儿腹内五车书

"能受苦方为志士；肯吃亏不是痴人" "爽借清风明借月；动观流水静观山"

"虚心竹有低头叶；傲骨梅无仰面花" "眼界高时无物碍；心源开处有波涛"

"眼前沧海难为水；身到蓬莱即是仙" "欲知世味须尝胆；不识人情只看花"

"欲除烦恼须无我；历尽艰难好作人" "遂心唯有看山好；涉世深知寡过难"

"情挚能交知己友，心清好读等身书" "清风有意难留我；明月无心自照人"

"清风明月本无价；近水遥山皆有情" "清言每不及世事；静坐可以修长生"

"深林闲数新添竹；残烛贪看未见书" "黑发不知勤学好；白头方悔读书迟"

"集古人文为目录；揽当世事察时风" "曾因酒醉鞭名马；生怕情多累美人"

"寒岩枯木原无想；野馆梅花别有春" "窗含竹色清如许；人比梅花瘦几分"

"隔靴搔痒赞何益；入木三分骂也精" "路从绝处开生面；人到后来看下台"

"数幅兰石称著作；一庭花木似儿孙" "墙外春山

227

壮士腰间三尺剑

文字的博弈

228

向阳花木早逢春

横黛色；门前流水带花香"

"愿乘风破万里浪；甘面壁读十年书" "歌词自作风格老；诗卷长流天地间"

"翠竹黄花皆佛性；清池皓月照禅心" "墨翻衫袖吾方醉；腹有诗书气自华"

"藏书万卷可教子；买地十亩皆种松" "身轻担重轻挑重；脚短路长短走长"

"船漏漏满锅漏干；风吹吹灭火吹燃" "翠竹黄花皆佛性；清池皓月照禅心"

"眼明小阁浮烟翠；身在荷香水影中" "身行万里半天下；眼高四海空无人"。

八字联

富有代表性的主要有：

"一物不知以为涤耻；遭人而问少有宁时"

"十步之间必有芳草；计月既望常见浮槎"

"人生得一知已足矣；斯世当以同怀视之"

"力求有功方能无过；必先去旧然后立新"

"下有漪流上有飞瀑；幽入空山高人画中"

"大笔横挥颠张醉素；名山高卧鹤骨松心"

"大海有真能容之度；明月以不常满为心"

"大量容人小心处事；正身率物屈己为群"

"与可画竹胸有成竹；庖丁解牛目无全牛"

"山水有灵亦惊知己；性情所得未能忘言"

"义则居先利则居后；敬其所长恕其所短"

"小有清闲抱弦怀古；随其时地修己观人"

"小窗多明使我久坐；入门有喜与君笑言"

"天下断无易处境遇；人间哪有空闲光阴"

"天地有情长若春日；山林无事自是清流"

"云岚四时迷离朝暮；风雨一室上下古今"

"世德相承荣于万古；高文争诵清若六朝"

"气淑年和群生咸遂；冰凝镜澈百姓为心"

"长桥卧波新亭挂月；荷香醉客柳色迷人"

"风至山中无不和畅；月生海上自极高明"

"心平气和千佳弗见；秋毫之末视而可察"

"以浅持博以一持万；自知者明自胜者强"

"玉宇无尘风清月朗；春天有色水秀山明"

"刊石惟余西汉文字；行歌好约高阳酒徒"

"东壁图书西园翰墨；南华秋水此苑春山"

"鸟啭歌来花浓雪聚；云随竹动月共水流"

"立功德言有三不朽；尚齿爵位无一非尊"

"兰有群情竹无一曲；山同月朗水与情长"

中国经典对联的鉴赏　第五章

文字的博弈

对联

230

梅花香自苦寒来

"宁朴无华以康我道；既安乃乐共写其天"

"礼以闲心乐可昭德；智能用事仁是爱人"

"老屋三间可避风雨；空山一士独注离骚"

"毕生所长岂在集古；闲情自托亦不犹人"

"传家有道惟存忠厚；处事无奇但求率真"

"近朱者赤近墨者黑；尽力所及尽心所安"

"行而不舍若骥千里；纳无所穷如海百川"

"行所当行不为已甚；慎之又慎未敢即安"

"交满四海乐道人善；胸罗万卷不矜其才"

"闭户自精开卷有益；会心不远随遇而安"

"守独悟同别微见显；辞高居下置易就难"

"尽交天下贤豪长者；常作江山烟月主人"

"观书要能自出见解；处世无过善体人情"

"赤野生姿青田矫翰；百云怡意清泉洗心"

"技进乎道庶几不惑；名副其实何虑无闻"

"身无半亩心忧天下；读破万卷神交古人"

"坐到二更合眼即睡；心无一事敲门不惊"

"取人为善与人为善；忧以终身乐以终身"

"取静于山寄情于水；虚怀若竹清气若兰"

"罔谈彼短我亦有短；靡恃己长人各有长"

"舍己从人大贤之量；推心置腹群彦所归"

"受人以虚求是以实；能见其大独为其难"

"学立道通自然贞素；圆行方止聊以从容"

"春风来时宜会良友；秋月明处常思故乡"

"卧石听涛满衫松色；开门看雨一片蕉声"

"神化攸同控物自富；性情所至着手成春"

"柔日读经刚日读史；怒气写竹喜气写兰"

"真理学从五伦做起；大文章自六经分来"

"厚德于人烟消云散；微恩及己刻骨铭心"

"修身践言有朋自远；含纯履轨与世无争"

"海纳百川有容乃大；壁立千仞无欲则刚"

"读万卷书行万里路；综一代典成一家言"

"随遇而安因书为屋；会心不远开门见山"

"虚能引和静能生悟；仰以察古俯以观今"

"道德神仙增荣益誉；福禄欢喜长乐永康"

"清以自修诚以自勉；敬而不怠满而不盈"

"敬以持已恕以接物；勤能补拙俭能养廉"

"樵歌一曲众山皆响；松云满目万壑争流"。

九字联

▲ ▲ ▲

富有代表性的主要有：

"三分水二分竹一分屋；前听钟后听笛里听书"

231

宝剑锋从磨砺出

文字的博弈

对联

"天气欲重阳几番风雨；登临望故国万里山河"

"天地自成文湖山有美；国家期得士桃李无言"

"云树绕堤沙青山绿水；芸房连石径修竹茂林"

"文章千古事聊以自娱；平生一片心不因人熟"

"心术不可得罪于天地；言行要留好样与子孙"

"为伦类中所当行之事；作天地间不可少之人"

"旭日临空千山浮紫气；春风拂柳万户溢祥光"

"如良金美玉无施不可；非精墨佳笔未尝辄书"

"安土而能敦因寄所托；择邻焉得志且住为佳"

"忍泪觅残红柔情似水；起舞弄清影瘦骨临风"

"试上小红楼论诗说剑；更尽一杯酒举首高歌"

"春瘦三分轻阴便成雨；月明千里高处不胜寒"

"种十里名花何如种德；修万间广厦不若修身"

"破半日功夫清书检画；同两三知己道古论文"

"第一等好事只是读书；几百年人家无非积德"

"清风明月不用一钱买；流水高山自有万里心"

"喜有两眼明多交益友；恨无十年暇尽读奇书"

"欺人如欺天毋自欺也；负民即负国何忍负之"

"天下断无易处之境遇；人间哪有空闲的光阴"

"谁曾将此楼一拳打破；我也在上头大胆题诗"。

232

明月无心自照人

十字联

▲ ▲ ▲

富有代表性的主要有：

"一晌销凝帘外晓莺残月；无限清丽雨余芳草残阳"

"天下无易境天下无难境；终身有乐处终身有忧处"

"无多事无费事庶几无事；不徇情不矫情乃能得情"

"无江海而闲不导引而寿；乃邦家之光非闾里之荣"

"无私蓄无私器同惜公物；或劳心或劳力勿作游民"

"水殿风来冷香飞上诗句；空江月堕梦魂欲渡苍茫"

"自净其心有若光风霁月；他山之石厥惟益友明师"

"汲水浇花亦思于物有济；扫窗设儿要在予心以安"

"克已最严须从难处去克；为善必果勿以小而不为"

清风有意难留我

233

对联

234

身在荷香水影中

"忽相思更添了几声啼鸠；屡回头最可惜一泛江山"

"和马牛羊鸡犬豕交朋友；对稻粱菽麦黍稷下功夫"

"春水满塘生鸿鶒还相趁；蝴蝶上阶飞风帘自在垂"

"信古不迁也是昔贤知己；流阴若寄无为今世贤人"

"独上西楼天淡银河垂地；高斟北斗酒酣鼻息如雷"

"庭有余闲竹露松风蕉雨；家无长物茶烟琴韵书声"

"笑索红梅香乱石桥南北；醉眠芳草梦随蝴蝶西东"

"银汉是红墙一带遥相隔；鸾境与花枝此情谁得知"

"满地横斜梅花正自不恶；一春憔悴杜鹃欲劝谁归"

"磨古墨石碑初榻新牛橛；临野渡竹室小如老鹤巢"

"读书好，耕田好，学好便好；创业难，守业难，知难不难”。

十一字联

▲ ▲ ▲

富有代表性的主要有：

“人在画桥西冷香飞上诗句；酒醒明月下梦魂欲渡苍茫”

“千里归艎山映斜阳天接水；一声长笛雁横南浦月当楼”

“小楼吹彻玉笙寒自怜幽独；水殿风来暗香满无限思量”

“小院春寒燕子飞来窥画栋；空江岁晚柳花无数送舟归”

“云锁奇峰倚石好观沧海日；山登绝顶披襟堪挹洞庭风”

“不作公卿非无福命都缘懒；难成仙佛为爱文章又恋花”

“日暮更移舟望江国渺何处；明朝又寒食见梅枝忽相思”

“今夕是何年霜娥相伴孤照；轻阴便成雨海棠不分春寒”

“风声雨声读书声声声入耳；家事国事天下事事事

236

人间哪有空闲光阴

关心”

　　“澹泊人生琪花瑶草常留意；浮沈世际浊水污泥不染身”

　　“独立小桥，人影不流河水去；孤眠旅馆，梦魂曾逐故乡来”

　　“书生书生问先生，先生先生；步快步快追马快，马快马快”

　　“琵琶琴瑟八大王，王王在上；魑魅魍魉四小鬼，鬼鬼犯边”

　　“爽气西来，云雾扫开天地憾；大江东去，波涛洗尽古今愁”

　　“官大，权大，肚子大，口袋更大；手长，舌长，裙带长，好景不长”。

十二字联

　　富有代表性的主要有：

　　“一二亩瘦田雨笠蓑衣朝起早；两三间破房青灯黄卷夜眠迟”

　　“大本领人当时不见有奇异处；敏学问者终生无所为满足时”

　　“小楼昨夜东风吹皱一池春水；梧桐更兼细雨能消

几个黄昏"

"书卷透梅香白雪青松多雅韵；友人聆曲意高山流水尽知音"

"发上等愿结中等缘享下等福；择高处立就平处坐向宽处行"

"此古文在商周若鼎彝若龟甲；有正气盈天地为河岳为日星"

"此处可留春四季人间春不老；何枝堪寄意群芳国里意无穷"

"论家世如阁帖古窑可谓旧矣；问文章似谈笺顾绣换得钱无"

"花草旧香溪卜兆千年如待我；湖山新画障卧游终古定何年"

"细草和烟尚绿遥山高晚更碧；黄叶无风自落秋云不雨长阴"

"胡蝶儿晚春时又是一般闲暇；梧桐树三更雨不知多少秋声"

"看梅子熟时个中人酸甜自得；闻木犀香否门外汉坐卧由他"

"蝴蝶儿晚春时又是一般闲暇；梧桐树三更雨不知多少秋声"

天下断无易处境遇

文字的博弈

对联

"醴泉无源芝草无根人贵自立；流水不腐户枢不蠹民生在勤"。

一犁春雨九穗嘉禾

▲▲▲ 十三字联

富有代表性的主要有：

"无处觅残红试问东风春愁怎画；浮生等萍迹不知江左燕入谁家"

"学古之志未衰每日必拥书早起；干世之心已绝无夕不饮酒高歌"

"试凭他流水寄情却道海棠依旧；但镇日绣帘高卷妨它双燕归来"

"春欲暮思无穷应笑我早生华发；语已多情未了问何人会解连环"

"酒醒帘幕低垂烛影摇红夜将半；雨过园林如绣东风吹柳日初长"

"章台柳章台柳往日依依今在否；斑竹枝斑竹枝泪痕点点寄相思"

"满身花影倩人扶我欲醉眠芳草；几日行云何处去除非问取黄鹂"

"楼上几日春寒杜鹃声里斜阳暮；西窗又吹暗雨红藕香残玉簟秋"

"公一碗婆一碗，姑姑嫂嫂合一碗；新三年旧三年，补补衲衲又三年"。

十四字联

▲ ▲ ▲ ▲

富有代表性的主要有：

"一心履薄临深畏天之鉴畏神之格；两眼沐日浴月由静而明由敬而强"

"大江东去平楚南来一带江山如画；高柳垂阴老鱼吹浪依稀风韵生秋"

"门多桃李案少薄书别宦恐无此乐；前列生徒后盈丝竹今时复有其人"

"冷照西斜正极目空寒故国渺天北；大江东去问苍波无语流恨入秦淮"

"呼酒上琴台把吴钩看了阑干拍遍；明朝又寒食正海棠开后燕子来时"

"垂杨还袅万丝金又恐被西风吹绿；断红尚有相思字试凭他流水寄情"

"泣残红谁分扫地春空十日九风雨；举大白为问旧时月色今夕是何年"

"虽富贵不易其心虽贫贱不移其行；以通经学古为高以救时行道为贤"

239

学宙池鱼几间新屋

240

壁立千仞无欲则刚

"莲香入座清笔底当插成这般花样；湖水连天静眼前可悟到斯道源头"

"握笔写兰要识得凤眼鼠尾螳螂肚；出门行李无非是金石书画断纹琴"

"二猿断木深山中，小猴子也敢对锯；一马陷足污泥内，老畜生怎能出蹄"

"仗我佛慈悲指示，方悟得无我无人；做吾儒切实工夫，巴结到而今而后"。

十五字联

富有代表性的主要有：

"好学近乎知力行近乎仁知耻近乎勇；富贵不能淫贫贱不能移威武不能屈"

"罗衣特地春寒细雨梦回犹自听鹦鹉；殊乡又逢秋晚江上望极休去采芙蓉"

"临流可奈清癯第四桥边呼棹过碧环；此意平生飞动海棠影下吹笛到天明"

"笑倦游犹是天涯万里乾坤不如归去；惊客里又过寒食一桩心事曾有诗无"

"酒酣鼻息如雷叠鼓清笳迤逦度沙漠；万里夕阳垂地落花飞絮随意绕天涯"

"最有味是无能但醉来还醒醒来还醉；本不住怎生

去笑归处如客客处如归"

"书道入神明，落纸云烟，今古竞传八法；酒狂称圣草，满堂风雨，岁时宜奠三杯"

"龙潭倒映十三峰，潜龙在天飞龙在地；玉水纵横半里许，墨玉为体苍玉为神"。

其他多字联

富有代表性的主要有：

"蚕作茧茧抽丝，织就绫罗绸缎暖人间；狼生毫毫扎笔，写出锦绣文章传天下"

"红面关，黑面张，白面子龙，面面护着刘先生；奸心曹，雄心瑜，阴心董卓，心心夺取汉江山"

"东厢阁西厢房，东西两厢，门户相对，方敢并坐；南京河北京城；南北双京，水土并分，可成霸业"

"异代不同时，问如此江山龙蟠虎卧几诗客；先生亦流寓，有长流天地月白风清一草堂"

"新相识旧相识，春宵有约期方值，试问今夕何夕，一样月色灯色该寻觅；这边游那边游，风景如斯乐未休，况是前头后头，几度茶楼酒楼尽勾留"

海纳百川有容乃大

241

文字的博弈

对联

综一代典成一家言

中国著名超长对联鉴赏

昆明大观园大观楼长联

上联：五百里滇池，奔来眼底。披襟岸帻，喜茫茫空阔无边。看：东骧神骏；西翥灵仪；北走蜿蜒；南翔缟素。高人韵士，何妨选胜登临。趁蟹屿螺州，梳裹就风鬟雾鬓。更频天苇地，点缀些翠羽丹霞。莫孤负：四周香稻；万顷晴沙；九夏芙蓉；叁春杨柳。

下联：数千年往事，注到心头。把酒凌虚，叹滚滚英雄何在。想：汉习楼船；唐标铁柱；宋挥玉斧；元跨革囊。伟烈丰功，费尽移山心力。尽珠帘画栋，卷不及暮雨朝云。便断碣残碑，都付与苍烟落照。只赢得：几杵疏钟；半江渔火；两行秋雁；一枕清霜。

成都望江楼崇丽阁长联

上联：几层楼，独撑东面峰，统近水遥山，供张画谱，聚葱岭雪，散白河烟，烘丹景霞，染青衣雾。时而诗人吊古，时而猛士筹边。最可怜花芯飘零，早埋了春闺宝镜，枇杷寂寞，空留着绿野香坟。对此茫茫，百感交集。笑憨蝴蝶，总贪送醉梦乡中。试从绝顶高呼：问问问，这半江月谁家之物？

下联：千年事，屡换西川局，尽鸿篇巨制，装演英雄，跃岗上龙，殉坡前凤，卧关下虎，鸣井底蛙。忽然铁马金戈，忽然银笙玉笛，倒不若长歌短赋，抛撒写绮恨闲愁；曲槛回廊，消受得好风好雨。嗟予蹙蹙，四海无归。跳死猢狲，终落在乾坤套里。且向危楼附首：看看看，那一块云是我的天？

湖南桃花源桃川宫长联

上联：谁说桃花轻薄？看灼灼其华，为多少佳人赠色。滴清清玉露，羡万株艳蕾流霞。无何春去莫飞，终究鸾枝坠果。于是平仲设谋，东方窃窭，王母宴宾，刘郎题句。况核仁制药，能疗痼疾佐歧黄；条干充刀，可借印符驱厉鬼，准握天机珍丽质，也知季节让群芳。寄言秋菊冬梅，慎勿盲从徒毒友。

下联：我夸福地妖娆，眺青青之岭，添哪些琼阁浮云。有濯濯明湖，收十里嘉林入画。似新尘消宇净，因恩驾鹤凌空。难怪闻山揽胜，高举怡情，秦村访友，碑

读万卷书行万里路

文字的博弈
对 联

院挥毫。若清节复生，定唤渔夫回绝境；灵均再世，必歌今日过前朝。莫悲红雨落幽溪，又续风骚垂奕叶，方信凡夫俗子，不须羽化亦登仙。

湖北武昌黄鹤楼长联

上联：跨蹬起层楼，既言费文韦曾来，施谓吕绍先到此，楚书失考，竟莫喻仿自何朝？试梯山遥穷郢塞，觉斯处者个台隍，只有弥衡作赋，崔颢作诗，千秋宛在。迨后游踪宦迹，选胜凭临，极东连皖豫，西控荆襄，南枕长岳，北通中息，茫茫宇宙，胡往非过客遽户。悬屋角檐牙，听几番铜乌铁马，涌浦帆挂楫，玩一回雪浪云涛，出数十百丈之巅，高陵翼轸，巍巍岳岳，梁栋重新，挽倒峡狂澜，赖诸公力回气运。神仙浑是幻，又奚必肩头剑佩，丛里酒钱，岭际笛声，空中鹤影。

下联：蟠峰撑杰阁，都说辛氏炉伊始，哪指鲍明远弗传，晋史缺疑，究未闻见从谁乎？由战垒仰慕皇初，想当年许多人物，但云屈子离骚，曩熊遗泽，万古常昭。其余劫霸图王，称威俄顷，任成灭黄弦，庄严广驾，共精组练，灵筑章华，落落豪雄，终归于苍烟夕照。惟方城汉水，犹记得周葛召棠，便大别晴川，亦依

然尧天舜日，偕亿兆群伦以步，登耸云霄，荡荡平平，揿抢净扫，睹丰功伟烈，贺而今曲奏升平。风月话无边，赏不尽郭外柳荫，亭前枣实，洲前草色，江上梅花。

245

松竹梅岁寒三友

幸福似小数循环

中国对联在创作中富有故事性，这种故事性体现在两个方面：一是对联中采用了典故手法，即用典，这使得对联的本身富有故事的意味与历史的内涵。二是对联创作的过程中，与背景相关、与作者身处的环境相关，由此而产生了一些有趣的故事。比如："三贤世胄；万石家门"，其联用典指的是东汉时期的骑都尉秦彭，字伯平。曾北征匈奴屡立战功。又如："苏门学士；蜀吏辩才"，上联典出北宋词人秦观，曾任秘书省正字，国史院编修官。因政治上倾向于旧党，多次遭贬谪。文辞与黄庭坚、晁补之、张耒并称为"苏门四学士"，其词多写男女情爱，感伤身世，风格委婉含蓄，清丽谈雅。下联典出三国时蜀汉绵竹人秦宓，少年时就有才华。刘备入益州后，将东征吴国时，他上书说"天时"不利，因此入狱。后吴国使者张温来蜀，听说他博学多才，要和他辩论，他对答如流，使张温大为敬服。

后官至大司农。如此这些对联的本身即极其富有故事性，里面有着丰富多彩的历史形色。本章为大家奉上一些经典的中国对联趣味故事，以供欣赏。

（1）王云凤巧对卢柟

据传，某朝才子卢柟，一日宴请同年进士赴宴，二人一边饮酒，一边谈笑。卢柟作一联戏王云凤："鸟入风中，叼去虫而作凤"。王云凤也是名噪一时的才子，才思敏捷。他想，对于卢柟这样恃才自负、狂妄自大的人，不给点儿胡椒嗅嗅，他是不知世间有辛辣二字的。于是，即席口占一联以对："马来芦畔，吃尽草以为驴"。卢的上联中暗藏王云凤的"凤"字，王的下联暗藏了卢柟的"卢"字，下联比上联更好猾、更刻薄，把卢柟弄了一个大红脸。

（2）秀才巧答学师对

在过去，逢年过节，学生要给先生送礼，谓之送节。有个秀才家颇富有，但此人吝啬，每次给学师送节，只给三分银子。有一年过中秋节，事前学师就把他叫到跟前，说要出一对联上联，请他对出下联。学师说："竹笋出墙，一节须高一节"，学师想以对联提示秀才。秀才会意，当即对曰："梅花逊雪，三分只是三分"。这副对联，表面看指的是植物的生态现象，其实

248

庖丁解牛目无全牛

隐喻的却是在礼钱问题上，师生二人讨价还价。

不久，学师觉得自己伸手要钱很不光彩，心中有些后悔，但又不愿向秀才检讨，怕失体统，想用对联来说明道理，以挽回面子。于是出了一联："大鱼吃小鱼，小鱼吃虾，虾吃泥，泥干水尽"。秀才整整动了一天的脑筋，终于作出了下联，交给学师。学师接过来，展开一看，不觉吃了一惊。秀才的下联是："朝廷刮州府，州府刮县，县刮民，民穷国危"，秀才的下联不但与上联对仗工整，而且字句铿锵，如火炽手。学师读着，不住地点头，暗暗佩服。

（3）苏东坡智对黄庭坚

苏东坡和黄庭坚，二人都是北宋时的大文学家、书法家。黄庭坚出苏东坡门下，是"苏门四学士"之一。两人又是好朋友，经常在一起吟诗、填词、奕棋、联对。有一次，他们在一棵大松树下下围棋，突然一颗松子，掉在棋盘上，黄庭坚即景，出了上联："松下围棋，松子每随棋子落"。苏东坡举目四望，看见远处小河畔，有一位老者，正坐在柳树下垂钓，便脱口对出下联："柳边垂钓，柳丝常伴钓丝长"。

又有一次，两人外出游玩，傍晚时分，来到一条江边，正值晚霞辉映江心，金波荡漾。黄庭坚出句道：

"晚霞映水，渔人争唱满江红"，这里的"满江红"，有两层意思既是眼前景色又是词牌名。毫无疑问，要求下联也应符合此一条件。苏东坡思忖片刻，便对出下联："朔雪飞空，农夫齐奏普天乐"。苏东坡用"朔雪"对"晚霞"，均是景色；又用"普天乐"对"满江红"都是词牌名，既工整又顺达，不禁使黄庭坚连声称妙。

（4）苏东坡巧对药联

苏东坡被贬，赴海南上任，途经湘南，遇到一位姓柳的郎中。柳郎中久闻苏东坡才学渊博，精通医药，他决定亲自见识见识，于是征得苏东坡的同意，与他对药联。只听得柳郎中吟道："仙鹤弹琵琶高奏神曲"，苏东坡想了一下，对出下联："雷公敲木瓜大惊云母"。柳郎中又出了上联："红孩子戴红花吃红豆"，苏东坡一听，立即对出："白头翁摘白梅尝白果"，柳郎中再出上联："何首乌身披穿山甲，骑地龙，挥大戟与木贼战百合"，苏东坡应声对出下联："吴茱萸头戴金银花，坐河车，握三棱，比草寇（蔻）胜五倍"。柳郎中佩服得五体投地，连声称"奇才，奇才！"

（5）苏东坡兄妹巧对

苏东坡与其妹苏小妹均有才名。某年中秋夜，兄妹

249

与可画竹胸有成竹

文字的博弈

对联

二人在花园饮酒赏月。下酒菜中有一碟切开的咸鸭蛋，苏小妹便指着咸蛋出一上联，要哥哥对下联："剖开舟两叶，内藏黄金白玉"，此联用词形象典雅，有一定难度。因一时无恰当物品可对，苏东坡一时为难。此时正巧侍女端来一盘石榴，苏东坡剖开一个，下联应手而得："打破罐一只，中藏玛瑙珍珠"。

兄妹正笑谈间，一侍女在一旁手持一只玉笛，吹奏乐曲助兴。于是苏东坡出一上联要小妹对下联："水仙子鬓挥碧玉簪，风前吹出声声慢"，苏东坡话声未落，一侍女怕打扰兄妹的雅兴，迈着细碎小步拿来一件夹衣，给小妹披上，小妹灵机一动，对出下联："虞美人穿红绣鞋，月下引来步步娇"，兄妹二人用拟人手法，各嵌入三个词牌名，手法精妙，风格曲雅。

251